A UTOPIA BUROCRÁTICA DE MÁXIMO MODESTO

DIONISIO JACOB

A utopia burocrática de Máximo Modesto

Copyright © 2001 by Dionisio Jacob

Capa
Raul Loureiro

Foto de capa
© Andreas Heumann / Stone

Revisão
Maysa Monção
Beatriz de Freitas Moreira

Dados Internacionais de Catalogação na Publicação (CIP)
(Câmara Brasileira do Livro, SP, Brasil)

Jacob, Dionisio, 1951 —
    A utopia burocrática de Máximo Modesto / Dionisio Jacob.
— São Paulo : Companhia das Letras, 2001.

    ISBN 85-359-0156-6

    1. Administração – Ficção 2. Burocracia – Ficção 3. Ficção brasileira I. Título.

01-3319   CDD-869.93

Índice para catálogo sistemático:
1. Ficção : Literatura brasileira   869.93

[2001]
Todos os direitos desta edição reservados à
EDITORA SCHWARCZ LTDA.
Rua Bandeira Paulista 702 cj. 32
04532-002 — São Paulo — SP
Telefone (11) 3846-0801
Fax (11) 3846-0814
www.companhiadasletras.com.br

Para Tatiana e Beatriz

MEMORANDO 000949

Caro Senhor,

Venho por meio deste informar que eu, Máximo Modesto, fui empossado no cargo de Gerente de Assuntos Relacionados, nesta repartição, com publicação no *Diário Oficial* de segunda-feira. Quero dizer que já ocupei o meu posto e estou pronto para cumprir com minhas novas funções. Como estou há três dias aqui e ainda não recebi nenhuma posição da parte de Vossa Senhoria, gostaria de saber o que exatamente faz um Gerente de Assuntos Relacionados para que, uma vez inteirado, possa fazê-lo com a maior presteza. Obrigado.

MEMORANDO 000950

Caro Senhor,

Como não houve resposta a meu memorando anterior

(000949), estou escrevendo um novo, não com a intenção de perturbar o seu trabalho, que com toda a certeza não deve ser pouco, mas somente com o fito de me situar com um pouco mais de nitidez nessa intrincada rede burocrática forense. É meu desejo agilizar o que quer que necessite ser agilizado, para contribuir o melhor possível com o funcionamento do nosso departamento. Obrigado.

MEMORANDO 000951

Caro Senhor,

Estou há quinze dias no meu posto, coloquei em ordem a minha escrivaninha, organizei todo o arquivo morto e o fichário. Neste preciso momento estou sentado, sem mesmo saber o que fazer em seguida. Temendo perturbá-lo, procurei por algum estatuto interno que me dissesse quais eram, enfim, minhas novas funções. Dona Janice, a secretária, me informou que há pelo menos uns dois anos ninguém sabia do paradeiro do citado estatuto, o que me causou grande estranheza e digo mais, perplexidade, para não dizer espanto. Ela, entretanto, garantiu que o supracitado estatuto nunca fez a menor diferença, uma vez que todos estavam inteirados da sua função e o departamento andava muito bem sem ele. "*Mas o que vocês fazem exatamente?*", cheguei a perguntar. Nesse momento a secretária Janice foi evasiva, o que me deixou particularmente confuso. Peço sinceramente que Vossa Senhoria responda ao meu memorando situando-me no âmbito deste trabalho que acabo de assumir. Obrigado.

MEMORANDO 000952

Caro Senhor,

Sou um homem simples. Longe de mim qualquer pretensão. Quando fui concursado para o cargo de Gerente de Assuntos Relacionados, fiquei extremamente feliz, pois passei muitos anos trabalhando como Fiscal Sanitário e o Senhor não faz idéia do que é esse trabalho! Na verdade, eu estava pedindo um cargo no Almoxarifado, pois sou uma pessoa organizada e saberia lidar muito bem com o fluxo do material. Também tenho uma particular predileção pelo universo da papelaria. Além disso, depois de anos lidando com a dura realidade das ruas, achei que seria uma justa recompensa poder trabalhar protegido por um teto, distante das intempéries. O Senhor sabe que o clima desta cidade acaba com qualquer um. Também pesa o fato de que já não sou mais um jovenzinho. Bem, voltando ao concurso, fiquei até surpreso quando, ao procurar saber do resultado do mesmo, vi, com grande frustração, acredite, que não tinha ganho o cargo almejado. E para minha surpresa recebi, dias depois, uma notificação com meu nome escolhido para este cargo de Gerente de Assuntos Relacionados, nesta repartição forense, que eu mesmo nem sabia existir. A princípio julguei tratar-se de algum engano. Apesar de ser homem dado à leitura e com razoável cultura geral, nunca pretendi ser gerente de nada, mas confesso que senti um pouco de orgulho pelo cargo inesperado, que considero como um verdadeiro prêmio! E depois, quando vi que toda a minha papelada estava pronta, inclusive meu holerite, dei-me por satisfeito. Afinal, emprego é emprego e sou uma pessoa com boa capacidade de trabalho, ágil no aprender. Desculpe Vossa Senhoria se me estendi muito além da conta neste simples memorando, entrando em particularidades que talvez vos entediem, mas minha única intenção ao abrir um pouco da minha vida pessoal, foi para que Vossa Senhoria, conhecendo-me melhor, possa saber com quem está trabalhando. Aguardo ansiosamente um contato, um memorando, um simples bilhete com alguma ordem, alguma determinação, uma pista que seja do que eu deva fazer. Cordiais saudações.

MEMORANDO 000953

Caro Senhor,

Mais uma semana se passou e ainda estou no aguardo de uma resposta. Aproveito também este memorando para desculpar-me pela gritaria da tarde de ontem. Não sei o que ocorreu com a dona Janice, nossa sensível secretária. Está certo que eu fui um tanto enérgico com ela. Na verdade fui mesmo duro. Isso devido ao fato de estar passando por uma crise nervosa, em relação a essa ausência de um objetivo específico para o meu cargo. Por um momento julguei que ela estava sendo omissa e não repassando a Vossa Senhoria os meus memorandos. E, como a dita senhora é extremamente evasiva em seus pronunciamentos, diria mais, dispersiva mesmo, por um instante fui tomado por uma cólera que não experimentava desde que meu irmão destruiu minha coleção de "Cavaleiro Negro", gibi que colecionava quando garoto. Cheguei mesmo, confesso, a gritar com ela. Mas não esperava jamais que ela tivesse a reação que teve, chorando daquele jeito como se fosse uma garotinha. Tentei acalmá-la. Pedi ao nosso porteiro, o senhor Élito Alves, que lhe trouxesse água com açúcar. Quero externar o meu constrangimento ante um episódio tão lamentável e dizer que não é absolutamente do meu temperamento promover esse tipo de cena. Se me conhecesse melhor (e me coloco à sua inteira disposição para uma entrevista), saberia que não sou de fazer mal a uma mosca, quanto mais de destratar uma senhora que, apesar da aparência serena, tem os nervos em frangalhos. Tanto que a partir de agora eu mesmo redigirei e entregarei os memorandos, pois quando ela se vê citada nos mesmos, cai em prantos, e eu faço questão de narrar tudo o que se passa na nossa repartição, com o fito de manter a maior transparência possível. Ainda no aguardo de uma orientação. Muito obrigado.

MEMORANDO 000954

Caro Senhor,

Estou estupefato com o que me disse hoje dona Janice, nossa secretária. Quer dizer então que ela nunca o viu pessoalmente? Mas o que mais me assombrou foi o fato de ela contar que, quando tomou posse do seu cargo de secretária, sua antecessora, uma tal dona Quitéria, também disse nunca ter se avistado pessoalmente com Vossa Senhoria. E que só a sua (de dona Quitéria) antecessora, uma tal Elaine, é que o via com constância. E essa Elaine é quem passou para as outras duas a sua extravagante determinação de não querer nenhum tipo de contato pessoal, e que todo e qualquer memorando fosse passado através da janelinha giratória que fica ao lado da porta do seu escritório. Sei que isso extrapola inteiramente a minha função, mas a pergunta escapa da minha boca: por quê? Haveria alguma razão para esse comportamento de Vossa Senhoria? Não sei se interpreto sua atitude como um gesto de rancor por algo que alguém desta repartição tenha causado ao Senhor, ou, ao contrário, como um gesto de total confiança no nosso trabalho. Creio, entretanto, que a última hipótese deve ser a legítima. Afinal, se não depositasse total confiança na nossa responsabilidade não nos deixaria assim sem respostas para esses memorandos, não é? Fico contente que seja assim. Mas ainda resta a questão das minhas atribuições. Uma vez resolvido isso, creio que tudo o mais vá correr às mil maravilhas. Agradecendo uma vez mais o seu voto irrestrito de confiança na minha pessoa, mando-lhe um grande e fraternal abraço. Ah! Só para lembrar: já se passaram três meses...

MEMORANDO 000955

Caro Senhor,

Tudo o que lhe peço — e não veja aqui, por favor, nenhum sinal de pressão da minha parte — é que Vossa Senhoria me diga: caro Máximo, faça isto. Ou faça aquilo. Nada mais. Juro que, uma vez descortinado esse objetivo que tem se tornado para mim uma meta obsessiva, não redigirei mais nenhum memorando, nunca mais Vossa Senhoria terá de mim o menor sinal, a não ser, é claro, que o queira. E pode ter a certeza de que, enquanto Vossa Senhoria se entrega, em seu escritório, às altas conversações que seu cargo certamente exige, nós, humildes funcionários, estaremos aqui, dia após dia, hora após hora (no horário comercial, claro), na retaguarda, garantindo o pleno funcionamento do nosso glorioso departamento (Serviços Interinos). Sem mais para o momento.

MEMORANDO 000956

Caro Senhor,

Quando perguntei a dona Janice o porquê da estranha numeração dos memorandos, ela me informou que foi assim que ela aprendeu a fazer e desconversou rapidamente. Outra coisa misteriosa é que todos os memorandos dos antigos gerentes se perderam, sem cópia. Julgo que isso seja um desleixo de grande monta. É por essas e outras que somos um país sem memória. De qualquer modo, o meu primeiro memorando ao tomar posse do cargo (Vossa Senhoria recorda? O velho 000949? Quatro meses atrás!), já começa em adiantada numeração. O que prova que meus antecessores comunicavam-se amiúde com Vossa Senhoria. E me faz questionar: seriam ou não correspondidos? Não veja nisso, caro Senhor, nem um sinal de uma despropositada ciumeira da minha parte. Apenas me ocorreu que, talvez, algum dos meus antecessores tenha, digamos, pisado na bola, originando essa aflitiva cisão dentro do nosso departamento. Se foi isso, se alguém que sentou nesta mesma cadeira em que agora me encontro ofendeu-o, desagradou-o ou foi simplesmente incompetente, por favor, diga-me! Desabafe comigo. Pode soltar os cachorros! E digo mais: vou atrás dessa pessoa, pesquisarei seu paradeiro nesta intrincada rede burocrática e, pessoalmente, dir-lhe-ei algumas verdades. Far-lhe-ei ver o grande mal que causou, a ruptura que criou nesse fluxo de informações que deve caracterizar o trabalho em qualquer repartição que se preze. Se foi isso, caro Senhor, é só me dizer. Desabafe! Guardar ressentimento pode fazer mal à saúde. Por favor, responda qualquer coisa... Agradecido.

MEMORANDO 000957

Caro Senhor,

Como também o memorando anterior (000956) ficou sem resposta, julgo-o assim respondido, quer dizer, tiro da cabeça de vez a minha conjectura de algum rancor vosso contra o quadro de funcionários. Sei que a insistência pode ser uma virtude, pois prova a força de vontade de quem insiste. Também sei, porém, que ela pode representar uma verdadeira chatice para quem se vê alvo da mesma. Quando entreguei mais este memorando veio à minha cabeça a seguinte cena: Vossa Senhoria recebendo o papel com um gesto impaciente, ralhando entre os dentes: *"Não é possível! Esse chato não desiste!"*. E creia-me, Senhor, nada mais distante do meu desejo do que isso. Tudo o que mais almejo e aqui reitero é servir-lhe abnegadamente. Mas, para tanto, preciso saber o que fazer! Peça-me para bater com a cabeça contra a parede e eu o farei quantas vezes forem necessárias. Mande-me buscar um copo de água, apostar na loteria, nos cavalos, apanhar seu filho (se o tiver) na escola. Atire-me em alguma missão, mesmo a mais suicida, e eu irei! Atravessarei o Tietê a nado, escalarei o Jaraguá de costas, o que for! Farei com gosto. Mesmo não conhecendo Vossa Senhoria, aprendi a admirá-lo apenas pela breve descrição que a antiga secretária Elaine fez para a Quitéria, que repassou para a Janice. Sou uma pessoa de vestir camisas, caro Senhor! Sou alguém que compra brigas! Sou um homem da lealdade! Estenda-me a mão e sou capaz de matar pelo Senhor! Exija-me! Exija-me, Senhor! E verá do que eu sou capaz!!! Sem mais.

MEMORANDO 000958

Caro Senhor,

Acho que me excedi um pouco no último memorando. Espero que Vossa Senhoria tenha entendido que eu não sou nenhum assassino e que apenas usei uma figura de linguagem para tornar a minha idéia mais enfática. Um recurso retórico, caro Senhor. Nem passarinho matei na vida. Não que não tentasse, quando criança. Mas nunca fui hábil no estilingue. No exército nunca me dei bem com armas. Espero não ter causado impressão errada. Sou um homem de paz, um pacato cidadão anônimo desta nossa grande metrópole, que pautou sua vida por duas premissas: receber ordens e obedecer. Não vejo nisso nenhum servilismo, nenhum demérito. Trata-se apenas da realidade da vida. Conheço os meus limites. Sei o que posso fazer. E quero fazer a minha parte. Alguém tem de servir, certo? Ainda mais se essa pessoa for um servidor público! Ou será que ninguém obedece ao Fidel Castro? Ninguém serve café para o Fidel Castro? Ninguém faz a cama para o Fidel Castro? Ninguém dirige o carro para o Fidel Castro? Claro que fazem tudo isso. Alguém tem de fazer! Não que eu seja um comunista, entenda bem, caro Senhor. Estou apenas dando um exemplo que me surgiu, assim, de chofre. Alguém tem de servir. Alguns se revoltam com isso. Eu aceito. Tudo o que quero, caro Senhor, é servir o melhor possível ao nosso departamento. Entendeu agora a minha situação? Não sei fazer nada a não ser obedecer. Mas para alguém obedecer é preciso uma ordem. Uma pequena, clara, concisa ordem. Qualquer ordem. Qualquer coisa que comece com *"eu quero"* e termine com *"por favor"*, pois afinal somos todos civilizados. Espero que esta pequena digressão tenha jogado por terra qualquer dúvida a respeito do que é necessário que se faça. Pacientemente, eu aguardo...

MEMORANDO 000959

Caro Senhor,

Com um misto de prazer e perplexidade estive relendo as cópias dos memorandos de minha lavra e traçando mentalmente o panorama do que significou para a minha pessoa este semestre como Gerente de Assuntos Relacionados. Antes de mais nada, o que provoca minha curiosidade é: Relacionados a quê? Juro, Senhor, que vasculhei cada pasta, cada arquivo, para tentar solucionar esse enigma. É um mistério. Confesso que, no último mês, fui atingido por uma leve depressão. Mas não precisa se afligir. Está já superada, graças a uns florais. É que todo dia eu me levantava, vestia meu terno, vinha para cá, cumprimentava o seu Élito, a dona Janice, sentava-me à minha escrivaninha e ali permanecia, tentando adivinhar o que fazer, tentando decifrar o mistério da minha atividade. Por segundos, um relance de sentido passava diante dos meus olhos e eu achava que tinha captado o segredo da minha função. Então dava uma ordem para dona Janice. E aí percebia que tinha sido apenas uma ilusão. Pois ela, não entendendo o que eu estava pedindo, começava a chorar. E que estranha repartição é essa que eu gerencio, que nem ao menos tem um telefone? Isso tudo mexeu comigo a ponto de eu chegar aqui com a barba por fazer. Cheguei mesmo a vir trabalhar com o pijama debaixo do terno, o que foi para mim o alerta vermelho. A Ninha, miha esposa, disse que se deu bem com os florais e, de fato, seu uso me fez começar a sentir ânimo. Não que tenha logrado a entender os meandros dessa função misteriosa que executo. Só que agora não dou a mínima. Também sugeri que dona Janice tomasse uns florais para melhorar sua nervosia. E estamos os dois aqui neste escritório, sem a mínima idéia do que fazer. Ela secretariando o nada e eu relendo memorandos. Calminhos, calminhos...

MEMORANDO 000960

Caro Senhor,

Este memorando não é para solicitar nada, nem perguntar, nem pressionar. Só peço que Vossa Senhoria dê um pequeno tempo no trabalho e vá até a janela ver o belíssimo poente desta tarde.

Infelizmente não existem janelas aqui no nosso escritório, mas eu saí para tomar um cafezinho no Juarez e me espantei com a beleza do céu. Os poentes do outono são lindos na nossa cidade, não acha? Dê uma olhada, caro Senhor, naqueles tons carmesins que se espraiam entre os amarelos, os laranja, e como todos eles são destacados pelo azul transparente. É uma alegria estar vivo num momento como este, não acha? Desculpe tomar seu tempo. Qwweiruoj xkcjtr kosidopipsoer cpsipipie rimxcv psuit!!!

MEMORANDO 000961

Caro Senhor,

Nem mesmo o memorando passado Vossa Senhoria estranhou? Tudo bem que não quisesse comentar o poente, mas deixar passar sem resposta aquela algaravia ridícula do final, me parece muito desleixo de vossa parte. Não, não perdi subitamente minha articulação verbal. Passei os dedos na máquina de dona Janice sem qualquer intenção. Ou antes, a minha intenção era — como sugeriu dona Janice, que tem, às vezes, momentos de compreensão aguda — chamar vossa atenção, como um pequenino chama a atenção de seus pais ao protagonizar pueris malcriações. Ela achou que eu estivesse querendo ganhar uma bronca sua. Mas pelo jeito o Senhor não se importa nem um pouco. Creio mesmo que Vossa Senhoria não está nem aí! Pelo jeito é isso, não é? Tanto faz como tanto fez? Se sumirmos do mapa, para o Senhor tudo bem! Acho que o Senhor nem sabe que a gente existe! Aposto que nunca leu nenhum memorando! Mesmo este que estou escrevendo agora... Seu destino é o lixo ou o picador de papel! Pensei mesmo em abandonar este emprego. Mas não posso. Ainda não sou aposentado. Minha esposa é dona-de-casa e meu filho... Meu filho! Ele tem vinte e oito anos e ainda está fazendo cursinho para prestar vestibular. Agora cismou de ser veterinário. Mas nunca passa em nenhum vestibular. Ele gosta mesmo é do barzinho que fica em frente ao cursinho, se é que Vossa Senhoria me entende. Trabalhar? A mãe acostumou mal e ele vive lá no seu quarto. Chega tarde, acorda tarde, vai para o cursinho. À noite sai para a vida. Não é má pessoa, me entenda, bem pelo contrário. É bom caráter. Só que foi mal acostumado. E quando uma pessoa se acostuma assim, nada mais dá jeito! Eu tenho que sustentar aquela casa, senão já tinha abdicado deste cargo! Mas o que mais dói é ter consciência da própria insignificância! É saber que o Senhor provavelmente nem lê os meus memorandos! Não lê mesmo, não é, sem-vergonha? Vossa Senhoria não percebe o desperdício humano que isso acarreta? Nunca leu nenhum livro sobre a importância dos recursos humanos? Não?! Nós estamos aqui, seu insensível! Estamos esperando sua visita, seu incompetente!! Isso mesmo que Vossa Senhoria ouviu! Ou melhor, leu! E passe bem!

MEMORANDO 000962

Caro Senhor,

Desculpe, desculpe! Vossa Senhoria me desculpe pelo memorando anterior! Fui correndo ver se o interceptava, mas dona Janice já tinha virado a caixinha giratória e jogado-o no seu escritório! Foi um momento, Senhor! Apenas um momento de explosão! Juro que não acontecerá mais! Juro! Sabe o que acho que aconteceu? Foram os florais! Estou tomando alguns para melhorar a minha autoconfiança e acho que exagerei na dose. Na verdade entornei de uma vez umas duas garrafinhas. Dona Janice disse que tem álcool na fórmula e acho que "bateu", se é que Vossa Senhoria me entende. Eu preciso deste emprego, Senhor! Por favor, não me jogue novamente na voragem das ruas! Perdão! Perdão! Eu suplico!

MEMORANDO 000963

Caro Senhor!

Muito obrigado! Obrigado do fundo do coração! Entendo o seu silêncio como perdão! Afinal, é começo de mês e meu contracheque estava lá, inteiro, sem nenhum desconto, a não ser, claro, os que devemos à lei. Que resposta melhor um superior pode dar ao seu subalterno senão essa! A única resposta legítima! A que garante a subsistência! O resto são sutilezas retóricas! Obrigado mais uma vez, pela sua generosidade! E pode ficar tranqüilo que já deixei os florais de lado. Estava me tornando dependente. O que me impele às letras no presente momento, entretanto, nada tem a ver com minhas antigas reclamações e resmungos. É algo muito concreto e urgente, e tão-somente por isso ouso dirigir-lhe a palavra. Venho por meio deste comunicar um desagradável acidente que sofri no banheiro aqui do nosso escritório. Não sei se é do seu inteiro conhecimento, mas aquele banheiro, além de ser muito pequeno e apertado, tem um cano numa altura tal que nos obriga a manter a cabeça meio recuada, ao fazer a necessidade em pé. Dona Janice, como não tem esse problema, nunca se preocupou com o supracitado cano. Além de mal colocado, o cano ainda foi pintado da cor da parede, de modo que, outro dia, como a luz estava apagada, dei com a cabeça no cano. Sangrou um pouco, ficou até um galo, mas nada de muito grave. No entanto, receio que o cano possa ainda fazer alguma vítima de um modo mais contundente, se é que o Senhor me entende. O que podemos fazer em relação ao cano? No aguardo de uma resposta, sempre solerte, Máximo Modesto.

MEMORANDO 000964

Caro Senhor,

Ainda sobre o assunto do cano. Não quero parecer demasiado insistente mas temos que fazer alguma coisa. Ou removemos o cano ou o pintamos de alguma cor menos neutra (sugiro laranja). O que vou narrar é um tanto constrangedor e conto com vossa discrição, pois um departamento pode ser uma família e pode ser também — Vossa Senhoria deve saber mais do que eu — um ninho de serpentes. Acontece que dona Janice, zelosa que é, indo ao banheiro e não se conformando com a minha descrição do desconfortável que é para um homem desaguar naquele cubículo, deve ter sentido a necessidade de experimentar a posição masculina, desconhecida para uma mulher, apenas para testar a veracidade do meu relato. E sentiu ela também na pele, melhor ainda, na testa, os efeitos implacáveis do dito cano. Levei-a à enfermaria e ela voltou com um grande curativo. Não sei se a feria mais a dor da cabeçada ou a da humilhação, pois sua intenção não era com certeza a de me revelar sua experiência comportamental que, entretanto, ficou patente tão logo ela deixou o banheiro com a testa roxa. Creio que este assunto, apesar de comezinho, deve ser tratado com a necessária seriedade e a devida urgência. Obrigado.

MEMORANDO 000965

Caro Senhor,

Sem querer ocupar o seu tempo, que sei precioso, volto a falar sobre o cano. Já o batizamos aqui entre nós de "o cano da misericórdia", principalmente depois que o seu Élito, nosso porteiro, que nunca usava esse banheiro, curioso com nossos reclamos, resolveu testar ele mesmo o cano, o que fez de modo literal, se é que Vossa Senhoria me entende. Seu Élito é conhecido aqui na repartição, carinhosamente, como Cabeça, pois a tem em tamanho privilegiado. Ele, como o Senhor deve saber, é um senhor de cor, muito calmo e antigo por aqui, a quem nada perturba. Tanto que consegue vir trabalhar de sandália e meia, e quando uma pessoa vai trabalhar de sandália e meia, ela com certeza já abandonou todas as ilusões que porventura tenha tido um dia. Já está naquele ponto em que não vai se chatear por bobagem. Mas não é que o seu Élito ficou fora de si com a topada? Nunca vi o homem tão nervoso. Dona Janice lhe deu até um pouco dos seus florais. O pior — e sei que o Senhor vai se assombrar tanto quanto eu me assombrei — é que o cano rachou exatamente no ponto em que o seu Élito meteu a cabeça. Agora fica gotejando uma água que deixa o banheiro sempre molhado. E como nós três, os únicos funcionários dessa repartição, já fomos atingidos, espero que isso lhe comova ou preocupe e que uma solução seja tomada para muito breve. Obrigado pela sua atenção.

MEMORANDO 000966

Caro Senhor,

Resolvido o assunto cano! Alegremente lhe escrevo para comunicar a solução. E fiz questão de fazer isso porque sempre escrevo memorandos tensos, problemáticos. Acho que devemos comunicar também nossas alegrias, nossas pequenas vitórias. É que resolvi arregaçar as mangas e vir aqui no fim de semana, munido de massa epóxi e tinta esmalte verde. Trouxe também o meu filho Valdir, aquele desocupado de que lhe falei. Ele é muito hábil, apesar de preguiçoso, e prestou um ótimo serviço. Bem, mas o que interessa é que o vazamento acabou e o cano está radiante de verde. Impossível não notar sua presença e acredito que o episódio das cabeçadas seja definitivamente coisa do passado nesta repartição. Fiquei muito satisfeito com a minha atitude e creio que vou agir desse modo mais amiúde. E para terminar este memorando com uma nota de humor, o Senhor devia abandonar um pouco a sua sala para dar uma olhada nestes seus três funcionários. Os três com curativo na testa, já pensou? Vossa Senhoria iria desopilar o fígado. E o Cabeça, que nem é dado a fazer graça, colocou o seu crachá no curativo. Dona Janice, quando viu, caiu numa gargalhada louca e ficou rindo. Só que, de repente, começou a chorar. É estranha essa dona Janice. Bem, mas isso não tem nada a ver, eu sei. É que estou me sentindo feliz com o final do episódio, e quando fico feliz me deixo empolgar. Acontece o mesmo com Vossa Senhoria? Bem... até.

MEMORANDO 000967

Caro Senhor,

Estou espantado! Descobri que além de dona Janice, do seu Élito e de mim, existem mais três funcionários listados no nosso departamento. Vossa Senhoria tinha conhecimento desse fato? É que vi o relatório do mês na mesa da dona Janice. Como, creio, tal relatório não deve ser da conta de um Gerente de Assuntos Relacionados (ou seria?), não havia me interessado por ele. Na verdade, dona Janice nunca me entregou o supracitado relatório, levada por uma motivação oculta, como o Senhor deduzirá da narrativa abaixo. Percebi que a minha omissão havia sido uma falta grave ao constatar os três nomes além dos nossos. Perguntei para dona Janice por que aqueles três nunca apareciam na repartição. Ela, no mesmo momento, se pôs a chorar. Insisti, categórico. O choro tornou-se convulso e foi um verdadeiro festival de rímel borrado e de remela. Por fim, percebendo a minha expressão inflexível, abriu-se: os três suplicaram para que ela os encobrisse. Veja lá o Senhor a que ponto pode chegar a malandragem! Não estou absolutamente querendo ser um dedo-duro. É que a transparência faz parte da minha natureza e não sei esconder o que vejo à minha volta. Mas peço a Vossa Senhoria que não tome nenhuma providência em relação aos espertinhos. Quanto à nossa secretária, também creio que não deva ser punida, pois sua falta deve-se mais ao seu coração mole e à sua natural ingenuidade, para não dizer virginal inocência. Deixe que eu cuido do assunto! Desde o episódio do cano, sinto maior confiança no meu taco, se é que Vossa Senhoria me entende. Vou atrás dos desgarrados. Vou enquadrar os "vidas-mansas". Logo lhe mandarei mais notícias disso que batizei, um tanto jocosamente, de Operação Resgate. Só estranho por que dona Janice fica tão perturbada quando falo no assunto! Voltarei quando tiver novidades.

MEMORANDO 000968

Caro Senhor,

Como Vossa Senhoria deve ter notado, há um certo tempo que não lhe passo um memorando. É que estive muito preocupado em enquadrar os três funcionários desaparecidos. Um deles apanhei fácil, fácil, pois o folgado estava dando sopa no corredor do Almoxarifado, julgando que nunca seria pego. Dona Janice deu o serviço e eu me acerquei dele prontamente. Vossa Senhoria precisava ver sua expressão quando lhe perguntei se trabalhava na Serviços Interinos (o nome do nosso querido departamento neste gigantesco mundo forense). O queixo do malandro caiu, seus olhos revelaram uma sombra de maldade e eu pensei: *"Esse homem é capaz de matar!"*. Seu nome é Xavier Ybañez, espanhol criado na Penha. Disse-lhe umas boas e apliquei pressão: *"Ou você vem trabalhar regularmente ou vou tomar alguma atitude!"*. Perguntei o que ele fazia e ele me respondeu que era o responsável pela manutenção do escritório. Contei a história do banheiro e ele baixou a cabeça, envergonhado. Tinha sido ele o autor da idéia de pintar o cano da mesma cor da parede. Ao ver o meu curativo, julguei flagrar um leve sorriso nos cantos dos seus lábios, mas não quero julgar. Ele suplicou para que eu não o exonerasse. Alegou ser pai de seis filhos e prometeu que desse dia em diante seria um funcionário presente. De quebra, garantiu que iria me ajudar a apanhar os outros dois desgarrados. Vamos então procurar pelo boy Cícero. Qualquer novidade eu bato um memorando. Até mais.

MEMORANDO 000969

Caro Senhor,

Que coisa absolutamente espantosa! No meu empenho para descobrir o paradeiro do boy Cícero, pensava ir no encalço de algum adolescente metido a engraçadinho e acabei descobrindo que o sujeito tem, sabe quantos anos? Vossa Senhoria não vai acreditar! Quarenta e dois... Quarenta e dois!!! Meu queixo caiu. Pode imaginar uma coisa dessas? A dona Janice, sempre ela, acobertou esse pequeno detalhe, pois nossa secretária tem um coração maternal e apiedou-se do pobre homem. Acabou sendo contratado como boy e fazendo esse serviço de leva-e-trás. Como as coisas andavam um pouco paradas por aqui, foi desaparecendo até que não veio mais. Mas o Gringo, que é como as pessoas daqui chamam o Xavier Ybañez, garantiu que o Cícero vive fazendo bico na região para engordar um pouco o orçamento e já começou a investigar. Em breve teremos alguma notícia do seu paradeiro. O que me preocupa é o outro, conhecido como Bigode. Esse sim, o Gringo me garantiu que escorrega feito sabão. E quando me referi a ele para dona Janice, senti na mulher uma grande inquietação. Bem, um de cada vez, certo? Até mais.

MEMORANDO 000970

Caro Senhor,

Sabe que está até me fazendo bem essa curiosa investigação? Graças a ela deixei de ficar "criando minhocas", como diz dona Janice. Parei de pensar sobre o significado da minha função. Resolvi agir. Quero pôr a casa em ordem. E para tanto saí outra tarde juntamente com o Gringo, que veio com notícias do boy Cícero. De fato, encontramos o danadinho lá perto da João Mendes, com uma banquinha de raízes e ervas. Vende de tudo lá, carqueja, quebra-pedras, chapéu-de-couro e o que mais Vossa Senhoria imaginar. Ficou branco quando viu o Gringo. (De fato, o Gringo mete medo mesmo!) No momento em que soube que eu era o seu novo superior, perguntou: *"Desde quando?"*. E ao saber que em breve eu completaria um ano como Gerente de Assuntos Relacionados, o descarado exclamou em tom escandalizado: *"E por que não me avisaram antes, carambolas?!"*. Perguntei se ele ainda estava interessado em ser boy na nossa repartição. Ele ficou algum tempo na dúvida. Explico: ele fatura mais com a banquinha de ervas, mas é um dinheiro irregular: quando choves ele não trabalha. E depois tem que ficar plantando. O Cícero tem um quintal grande em sua casa no Jardim Joara, como me explicou quando levei os dois para tomar um cafezinho no Juarez. Vi que estava pendendo a continuar na repartição. Mas não quis obrigá-lo. Amanhã ele vai me dar uma resposta. E é tudo no momento. Até mais.

MEMORANDO 000971

Caro Senhor,

Não sei se fiquei triste ou alegre quando vi o Cícero entrando na repartição hoje. Trocou uma vida de produtor independente por um trabalho de boy. Ele me disse que já está um tanto cansado para ficar "cavoucando" terra. Colocou-se à minha disposição para o serviço, e como eu não tinha nenhum despacho, ele e o Gringo foram para um canto jogar dominó. Espero que isso não o incomode. Não gosto, absolutamente, do fato de dois funcionários jogarem dominó em pleno horário de funcionamento da repartição, mas por outro lado isso os mantém aqui, concentrados, para o caso de alguma necessidade. Confio que logo tudo entrará nos eixos. Agora vamos tentar laçar o Bigode e completar nosso quadro de funcionários. Vossa Senhoria ficará orgulhoso da Serviços Interinos. Mando notícias.

MEMORANDO 000972

Caro Senhor,

O mais estranho nesta investigação para encontrar o Bigode é saber que utilidade ele tinha nesta repartição. O Xavier Gringo é um faz-tudo e pessoa-chave na Serviços Interinos. Ele é incrivelmente habilidoso com as mãos, conserta qualquer coisa, abre qualquer porta, não há nada quebrado que ele não cole, nem pia que não pare de gotejar à sua simples presença! (Parece mesmo que até os objetos receiam a sua cara feia!) A dona Janice, embora passe o dia lendo livros de auto-ajuda, bem, ela é uma secretária, e qualquer repartição que mereça esse nome tem que ter uma secretária, certo? O Cabeça é o porteiro. Ele é quem deveria dar as senhas para as pessoas, se elas chegassem a aparecer por aqui. Mas é um negrão sério que não abandona a sua cadeira, sempre de sandália, lendo a parte de esportes do jornal, ouvindo um arcaico rádio de pilha (bem baixo) e fumando seu cigarrinho com lentíssimas baforadas. O Cícero, bem, é o nosso boy, apesar da idade. Mas... e o Bigode? Na ficha está escrito: "Adjuntor". Adjuntor? Será algum equívoco? Um erro de datilografia? Procurei aqui no nosso dicionário e não encontrei a definição precisa para esse termo. O que encontrei foi Adjunção, que é a ação ou efeito de juntar. E Adjunto significa: unido, anexo, contíguo. Adjuntor poderia ser alguém que junta algumas coisas e as deixa unidas. Estarei certo? Bem... mas como ainda não descobri nem o que significa Gerente de Assuntos Relacionados, que é o meu cargo, não vou colocar o carro adiante dos bois. Sei que devem ser coisas óbvias demais para ocupar o seu tempo. E desculpe se nós, com nossos raciocínios morosos, ainda não atinamos com o óbvio. Mas chegaremos lá! De qualquer forma, vou tentar apanhar o Bigode. Primeiro vamos ter o homem, depois vamos tentar descobrir sua função. Como Vossa Senhoria pode notar, atividade é o que não falta aqui na Serviços Interinos. Até.

MEMORANDO 000973

Caro Senhor,

Só para dizer que esta noite, veja só, sonhei com Vossa Senhoria. Como não o conheço pessoalmente, não sei dizer se é alto ou baixo, gordo ou magro, mas pelo menos no sonho o Senhor era alto e magro. E apesar de não lhe conhecer, quando o vi — no sonho, quero dizer — sabia que se tratava de vossa pessoa. O mais incrível, entretanto, foi que estávamos na casa do meu avô paterno e eu era um garoto, mas já trabalhava aqui. Enfim, essas sandices que os sonhos relatam de forma tão vívida que parece que são reais enquanto estamos sonhando. Estávamos caminhando pelo quintal da velha chacarazinha, onde havia umas parreiras — e era um dia lindo, luminoso! Vossa Senhoria ia me explicando como funcionava esse gigantesco complexo burocrático a que pertencemos e tudo ia se tornando claro, cristalino. Justamente na hora em que ia revelar o segredo do meu cargo, comecei a despertar com os gritos do vizinho de parede (um grosso, que vive gritando com a mulher!). Tentei dormir novamente, mas sonho é aquela coisa. Se a gente perde o fio da meada, acabou. Sei que não há um interesse específico para este memorando, mas eu precisava desabafar com alguém e hoje está chovendo, a tarde está parada, as investigações também, o Cabeça não desgruda do radinho, dona Janice está concentrada na leitura do seu livro e o Gringo é a última pessoa do mundo que alguém escolheria para um desabafo pessoal. Ah, e o boy Cícero saiu para me comprar uma aspirina e passadas duas horas ainda não voltou. Nisso ele se parece bem com um boy. Desculpe o incômodo. Tenha um bom dia.

MEMORANDO 000974

Caro Senhor,

Relendo as cópias dos últimos memorandos pude notar que não o deixei ciente de algumas peculiaridades do caso mais difícil da minha Operação Resgate: encontrar o Bigode. Primeiro: seu nome real é Ebenezer. Segundo: é, de todos nós, o funcionário mais antigo. Dona Janice fica totalmente nervosa quando fala nele e me dá as informações mais obscuras. Diz que ele pertence ao que ela chama de "dinastia" Elaine, a secretária que antecedeu a Quitéria, que por sua vez antecedeu a dona Janice, colocando-se ela mesma, de modo jocoso, é claro, como titular da "dinastia" atual. Também confirmou o fato de que Bigode é um gênio dos disfarces. E, segundo sua descrição, para meu total espanto ele nem mesmo tem um bigode, ou ao menos não tinha quando não estava disfarçado de nada, além dele mesmo. Se alguém merecia esse apelido era o Gringo, pois ele sim tem um bigode enorme, preto, que vai afinando até cair em duas pontas no queixo. Um verdadeiro cigano! E tem umas sombras violentas nos olhos. Apesar de ser o seu superior, às vezes penso duas vezes antes de dirigir-lhe a palavra, pois quando alguém pronuncia o seu nome parece que ele sempre leva um susto, virando o rosto de forma agressiva, já na defensiva. Sempre peço para dona Janice falar com ele. E por intermédio dela soube que o Gringo costumava encontrar o Bigode não na nossa repartição, apesar de os dois trabalharem aqui, mas num pequeno restaurante espanhol da Mooca especializado em paellas, que eles costumavam freqüentar e que o

Gringo ainda freqüenta, mas de onde o Bigode sumiu também faz quase um ano. Parece, sempre segundo o Gringo, que não existe ninguém mais avesso ao trabalho do que esse Ebenezer, vulgo Bigode. Ele chega — Vossa Senhoria há de espantar-se sem a menor dúvida — a se fantasiar quando vem receber seu contracheque, de medo que alguém o reconheça e o chame para ocupar o cargo pelo qual está recebendo. E é muito hábil nisso, não estando fora de cogitação que sua alcunha tenha se originado de algum desses disfarces. É tão astuto, o malandro, que até traz uns papéis que permitem receber o contracheque mesmo parecendo outra pessoa! Ou seja, ele autoriza o pagamento para si mesmo! Nunca tinha ouvido nada parecido. Venho, como Vossa Senhoria sabe, do serviço das ruas, onde tudo é mais cru e desprovido de sutilezas. Espero tê-lo colocado a par desse estranho e evasivo funcionário da Serviços Interinos. Tão logo tenha mais notícias do seu atual paradeiro, tecerei outro memorando. Tenha um bom dia.

MEMORANDO 000975

Caro Senhor,

Estamos dando os primeiros passos no novo milênio e a Serviços Interinos ainda arquiva seus papéis em fichários! Nossa prestimosa dona Janice batuca (esse é bem o termo) uma antiga máquina de escrever. Tomei a iniciativa de trazer para cá um velho computador do meu filho Valdir. Explico: comprei no mês passado para ele um micro novo, mais atualizado, para ver se com isso ele alavanca de vez sua carreira estudantil. E trouxe o antigo para cá. O próprio Valdir veio instalá-lo, uma vez que o Gringo não entende de informática. É um modelo antigo, que trabalha no sistema DOS, mas dá para quebrar o galho. O mais engraçado foi a reação de dona Janice ao ver a máquina sobre a sua mesa na segunda cedo (pois vim instalar aqui no domingo à tarde). Começou a chorar, apavorada, achando que já ia perder o emprego. Tive de acalmá-la. Mandei o Cícero buscar um copo de água com açúcar (depois tive de mandar o Cabeça buscar, pois o Cícero não voltava). Expliquei para dona Janice que ela deveria encarar o micro não como um entrave, mas como um desafio para sua carreira profissional. Disse que ela deveria colocar em prática tudo o que estava lendo nos livros. Aos poucos ela foi se animando. Tomei a liberdade de contratar, a título de serviços prestados, o meu filho Valdir para que ensinasse dona Janice a utilizar o micro. Não há nisso o menor sinal de nepotismo, trata-se tão-somente de uma medida de caráter prático, pois duvido que algum curso de informática atual ensine a mexer num micro tão antiquado. E esse episódio do micro trouxe uma outra interessante revelação sobre o nosso Bigode. Gringo lembrou-se que ele é "cobra" em informática. Será que era essa a sua função original aqui? Mas como, se não tínhamos nenhum equipamento? O importante é que, com ele aqui, posso dispensar o Valdir. E já encontramos uma função para o desaparecido. Tudo vai se encaixando aos poucos. Mando notícias. (Ah! O nosso boy Cícero, depois que a dona Janice já tinha superado o choro e estava até encarando com mais otimismo o computador, me aparece no fim da tarde com um inútil copo de água — sem açúcar! Sinto que vou ter muito trabalho para disciplinar essa cambada.)

MEMORANDO 000976

Caro Senhor,

Detive-me ante a porta da sua sala por vários minutos, na tarde de hoje. Perscrutei-a até. Gostaria tanto de falar com Vossa

Senhoria! Quase bati na porta. Mas não sei por qual razão meu coração acelerou e a mão se deteve no meio da trajetória. Apesar de dona Janice me explicar tantas e tantas vezes que a entrada principal da sua sala dá-se através de uma outra porta, interna, no corredor da Jurisprudência, fico imaginando que logo atrás dessa folha de madeira presa num batente Vossa Senhoria está sentado na sua antiga escrivaninha de mogno, cercado de trabalho. Posso até ouvir sua respiração pausada, ela mesma culta. Gostaria tanto de poder, um dia, quem sabe, conversar com Vossa Senhoria nem que fosse por alguns instantes. Tenho certeza de que esse encontro seria frutífero para a Serviços Interinos de modo geral, e para mim particularmente. Com certeza eu sairia do encontro mais sábio. Saiba que, apesar de ser um humilde Gerente de Assuntos Relacionados, possuo o anelo do saber. Leio demais. Tenho um verdadeiro estômago de avestruz para a leitura. Tudo o que me cai nas mãos: seja uma bula, um folheto de propaganda, jornal, o que for... eu leio! Claro que leio muitos livros também. Poesia. Literatura. Filosofia. História... tudo! Compro-os em sebos aqui no centro da cidade. Além de sair mais barato, sinto prazer em ler um livro que já foi folheado por outrem. Leio até livros técnicos. Já li uns livros tão filosóficos que tive grande dificuldade em entender. Mesmo assim fui até o fim, porque sou teimoso e quando começo um livro, mesmo que ele não me interesse, fico doido se não acabo. É como um desafio. E depois, sempre se pega uma coisa aqui, outra acolá, pequenas pérolas que vão formando com o tempo o colar da sabedoria. Tenho certeza de que Vossa Senhoria poderia me elucidar muitos desses livros. Será que posso ao menos ter a esperança de vê-lo um dia desses, quem sabe antes do expediente, ou mesmo depois? Podíamos tomar um cafezinho ali no Juarez, na esquina. Vossa Senhoria gosta como? Com creme? Curto? Um cafezinho diz muito da personalidade de alguém, não concorda Vossa Senhoria? Na esperança de que Vossa Senhoria aceite meu convite, me despeço! Ah! Ia me esquecendo de avisar que meu filho Valdir iniciou sua assessoria aqui na Serviços Interinos, dando aulas para dona Janice. Ela está muito contente! Está encantada por não precisar mais usar fitas corretivas nem rasgar folhas mal datilografadas. É bonito ver uma pessoa aprendendo novas coisas apesar da idade. E eu, como pai, fico contente de ver meu filho com alguma atividade profissional, por passageira que seja. É só para o momento. Até.

MEMORANDO 000977

Caro Senhor,

Pegamos o Bigode! Eu e o Gringo armamos uma campana no dia do pagamento. Ele ficou escondido atrás de uma pilastra para o Bigode não vê-lo, enquanto eu ia caminhando pela grande fila de funcionários que lota a Tesouraria nessa data. Conforme passava ao lado de uma pessoa, olhava na direção da pilastra. Se o Gringo fizesse um sinal de positivo: bingo! Era nosso procurado. E não é que ele fez o sinal justamente quando eu estava passando ao lado de uma senhora grisalha, gordinha, cheia de sacolas? Hesitei. Mas como o Gringo continuasse fazendo um enérgico gesto de positivo, abordei a senhora, apresentei minhas credenciais e perguntei se ela era ou não era Ebenezer. Vi seus olhos se agitarem, como se estivesse calculando que atitude tomar. Por um instante achei que sairia correndo. Mas quando viu Gringo chegando, abaixou a cabeça. Acompanhamos silenciosamente a senhora até o caixa e, depois que ela retirou o contracheque, fomos até o café do Juarez. Sentamos bem no fundo, pois seria uma prosa de revelações. Então, com uma voz grave, Ebenezer — o Bigode! —, mostrou-se, um tanto debochado. Não achei isso um bom sinal.

De fato, ele não tinha bigode algum e — incrível! — era jovem! Isso me espantou, pois ele pertencia à "dinastia" Elaine, como disse dona Janice. Deve ter entrado para a Serviços Interinos com uns dezoito anos, pois tinha agora vinte e nove! Vinte e nove anos! Constatei isso quando ele tirou a peruca. Por baixo da grossa e bem feita maquiagem era possível ver um rosto compatível com a idade que ele dizia ter. Engraçado como a vida nos surpreende. O nosso boy que eu esperava um garoto é um homem de meia-idade, e o famoso Bigode praticamente um garoto. Tem um ano mais que o meu filho Valdir. Talvez por isso senti certa afeição por ele. Mas dei duro e coloquei-o contra a parede: ou se apresentava regularmente ou era exonerado. Ele tem algum mistério difícil de decifrar e senti que vou ter muito trabalho com esse funcionário. Manteve o tempo todo da nossa conversação um sorriso meio irônico, meio cínico, assim como se soubesse de coisas de que eu não fazia idéia. Um arrogante, se Vossa Senhoria quer saber! Mas ponderou bem e resolveu, depois de um suspiro fundo, vir trabalhar na Serviços Interinos. Disse que precisava do dinheiro. Pediu só dois dias para "acertar umas coisas". Achei que dois dias a mais não ia fazer diferença, mesmo porque não estamos atolados de serviço. Mas fiquei contente porque agora o quadro de funcionários da Serviços Interinos foi restabelecido. E vamos em frente que atrás vem gente! Até.

MEMORANDO 000978

Caro Senhor,

Descobri! A luz se acendeu neste meu pobre cérebro e tive um vislumbre! Creio que adquiri o entendimento e que, principalmente, entendi seu maravilhoso modo de dirigir nossa repartição. Estava fazendo um balanço dos últimos meses e percebi que eles se dividem de modo nítido em dois períodos: um antes, outro depois. No antes, foi a perplexidade. Pois eu não sabia o que estava fazendo aqui, o que era, todas aquelas coisas que Vossa Senhoria sabe bem, pois estão registradas em inúmeros memorandos. Nesse período houve também alguns momentos de revolta, seguidos de depressão, dos quais me envergonho publicamente. O depois, para mim, começa naquele episódio do cano. A partir dali, arregacei as mangas e passei a agir. Resolvi a questão do banheiro de forma satisfatória, pois nunca mais ninguém saiu ferido dali. Depois consegui sair com um saldo de simplesmente cem por cento da minha busca pelos funcionários desaparecidos. E ainda comecei a informatizar o escritório, projetando-o do passado arcaico em que se encontrava para este dinâmico presente que faz fronteira com um espantoso futuro. E hoje, quando eu estava aqui na minha escrivaninha, vendo a Serviços Interinos completa (quase, porque o Bigode deve voltar definitivamente a partir de amanhã), vendo meu filho Valdir ensinar dona Janice a arquivar no computador, fui tomado por uma grande alegria, uma energia empreendedora, uma fé na minha potencialidade! E, no auge desse sentimento, tive abertos os canais do entendimento. Agora sei qual é a sua metodologia como nosso superior hierárquico: é o silêncio! Já havia lido sobre isso, não me lembro bem onde! Se tivesse dado tudo mastigado para mim, teria a seu serviço um funcionariozinho medíocre, cumpridor de ordens, sem iniciativa. Vossa Excelência fez de mim, através do seu rigoroso aquietar-se, um verdadeiro profissional do serviço público! Alguém que olha em volta e procura resolver os problemas com espírito desbravador, com liderança, independência! E como conseguir isso senão com o espírito inquieto? Ora, se eu soubesse exatamente para que o meu cargo serve, estaria acomodado a uma definição, a um conceito e diria mais: a um preconceito! Como ainda é vago para mim o que vem a ser um Gerente de Assuntos Relacionados, a constante agitação do meu espírito na procura de uma definição tornou-o esperto, atento, não acomodado. E, no meio dessa descoberta, acredite Vossa Senhoria ou não, quase descobri o segredo da minha função! Juro mesmo! Por um momento julguei descortinar o perfil do meu cargo. Mas foi só por um segundo. Em seguida desvaneceu a imagem. Também não quero ser pretensioso. Sei que isso é algo que talvez eu só vá atingir aos poucos, de modo gradual, com anos de dedicação. E, também, isso é um estímulo para mim! Obrigado! Muito obrigado por agir de modo tão sábio! Para mim Vossa Senhoria é mais do que um superior hierárquico, é um Mestre na verdadeira acepção da palavra! Despeço-me com reverência mental!

MEMORANDO 000979

Caro Senhor,

Sei que não devo incomodá-lo mais do que o necessário, principalmente quando não existe algo de concreto para ser dito. Entretanto, creia-me, gosto de redigir esses memorandos. É a melhor parte do dia para mim. Aprecio esse pequeno momento, quando, na quietude que invade a repartição no meio das tardes, momentos em que, talvez pelo fato de não termos janelas que dêem para fora, mal se percebe a agitação do mundo. Floreio uma ou duas linhas. Rasgo. Jogo fora. Começo outro, até conseguir expressar com precisão o que sinto e penso. Procuro unir razão e emoção para não fazer desse frio documento algo destituído de vida. Quero que Vossa Senhoria saiba que por trás destas linhas não há somente uma função, mas um homem! Um homem que pensa, sente, se comove, quer ter e dar ternura. (Será que exagerei agora? Vossa Senhoria, me desculpe, mas tenho que confessar que voltei a abusar dos florais, tomando um que desbloqueia as emoções e a minha esposa mesmo disse que eu andava meloso além da conta.) Mas estou assim, com a percepção das coisas afloradas. Sentimental ao extremo. Comovo-me com o trabalho humilde do faxineiro à entrada do edifício. E como me faz bem transmitir essas sensações — é quase como um desabafo! Gostaria de pedir permissão para comunicá-las mais amiúde, através deste canal que nos une: o memorando interno! Claro que não desejaria de forma alguma tornar-me desagradável, mas o simples fato de saber que Vossa Senhoria está lendo estas linhas, mesmo que jamais as responda, me faz muito bem. De forma que vamos fazer o seguinte. Se não quiser mais que eu escreva esses memorandos, mande-me outro de volta por dona Janice, fazendo ver com rigor essa sua vontade. Se, entretanto, for de seu agrado receber alguns memorandos em que eu possa, além de comunicar o que acontece na Serviços Interinos, narrar o que me vai na alma, simplesmente não comunique nada. Eu entenderei. Grato.

MEMORANDO 000980

Caro Senhor,

Obrigado pelo seu silêncio, mais uma vez muito esclarecedor. Fico feliz por ter sido essa a resposta. Entretanto, venho com um novo problema, que tem me angustiado bastante nos últimos dias. Antes de mais nada quero comunicar que o Bigode cumpriu o prometido e voltou à repartição. A partir daí, iniciou-se uma série de problemas e questionamentos, razão pela qual deixei de mandar o memorando por alguns dias. Quando o nosso Ebenezer surgiu no umbral da porta é que vi como, sem a maquiagem e a fantasia de senhora, parece mesmo jovial. Principalmente porque usa cabelo comprido, calça jeans e camisetas com aqueles motivos de rock: caveiras eletrificadas com a órbita dos olhos verdes e sorriso cruel. Imagens grotescas. Ele adora essas coisas heavy metal. O seu tênis é a coisa mais encardida que já vi na minha vida. E não é tão jovem para se vestir assim. Já vai entrar na casa dos trinta, mas deve ser como meu filho, uma pessoa com dificuldade de adaptação. Provavelmente mora com os pais — como o Valdir —, e não pensa dar um objetivo mais definido à sua situação. Não sei se Vossa Senhoria enfrenta esse problema que aflige tantos lares. Mas esse não é o busílis que me levou a redigir o presente memorando. O fato é que, mesmo antes de o Bigode voltar, eu já sentia certos eflúvios vindos na minha direção: uns olhares baixos, principalmente por parte do Gringo Xavier e do boy Cícero. Como se eu os tivesse tirado de uma vida que eles prefeririam. Acredite, Senhor, que não é paranóia minha! Eu conseguia sentir o ar ficar mais espesso pelo acúmulo de rancor. E isso faz mal. Ainda bem que dona Janice e o Cabeça não sintonizavam essa energia negativa, tampouco meu filho Valdir, é claro. E fazer o quê? Dei-lhes a opção. O Cícero podia muito bem ter escolhido continuar com sua banquinha de ervas e raízes. Mas a ele só interessava isso para completar o dinheiro aqui da repartição. Na hora de optar, optou pelo que lhe dava menos trabalho. Que culpa eu tenho? É dinheiro do povo que está em jogo! Nosso dinheiro! É certo ou não? O Xavier me culpa com os olhos por perder muitos bicos, uma vez que é forçado a ficar aqui sem fazer nada. Sinto que ele gostaria que eu o liberasse. Mas que atitude devo tomar? Não posso deixar a coisa fugir do controle como antes! Sei que em breve acharemos nossa função real e tudo isso passará. Entretanto, as coisas pioraram um pouco com a volta do Bigode. Bem, vou ter que parar agora porque encerrou o expediente. Não que eu não possa ficar meia hora a mais (já vim aqui trabalhar até aos domingos, como já comuniquei), mas é que hoje marquei de ir no Parque Antártica ver o jogo do Palmeiras com o meu irmão Pináculo, e Vossa Senhoria sabe muito bem como é o trânsito desta cidade. Amanhã continuo este memorando, sem falta.

MEMORANDO 000981

Caro Senhor,

Prosseguindo o memorando anterior, no qual narrava minha aflição sobre acontecimentos recentes aqui na Serviços Interinos. Bem, o Bigode voltou e eu já estava preparado para que ele fosse mais um a engrossar a turma do rancor. Talvez até fosse. Mas quando ele viu o computador na mesa da dona Janice ficou assim meio surpreso e perguntou: *"Desde quando tem computador aqui?"*. Meu filho Valdir explicou a origem do mesmo. Então o Bigode soltou outra exclamação: *"Mas isso aí é uma velharia!"*. Todos riram da sua explosão espontânea. Parecia mesmo revoltado contra a nossa humilde máquina, como se o simples fato de ela estar defasada fosse algo de abjeto, imoral. Posso antecipar que Valdir se tomou de uma simpatia imediata pelo Bigode e vice-versa, uma vez que são praticamente da mesma idade. Começaram então a tagarelar sobre essas coisas de computador, disco rígido, memória, servidores, coisas da modernidade que eu acompanho meio de longe. Na verdade, o Bigode mostrou que conhece a fundo o assunto e seus conhecimentos são de fato muito maiores do que os do meu filho. Coisa que a princípio me deixou feliz pois dá uma função para o funcionário que, assim, deixa de ser um nebuloso Adjuntor para tornar-se nosso especialista em informática. Em compensação encerra precocemente a consultoria que o Valdir vinha dando. E aí começou um problema. O Valdir ficou realmente aborrecido, pois já estava fazendo alguns planos para esse dinheiro (feriado na Barra do Una). Também ocorre que todos na repartição gostaram do Valdir. O garoto é boa gente. "Vida-mansa", mas de boa índole. Dona Janice insistiu para que o deixássemos terminar a consultoria. Mas não há sentido nisso. Tudo que o Valdir pode passar para ela, o Bigode fará, e melhor! Peço permissão, entretanto, para que ele encerre pelo menos o mês, faturando assim o dinheiro redondo. Faço isso com dor no coração, pois sei que é um mau uso do erário público, mas tem horas em que o dever do cidadão conflita com a consciência do pai. Deixo em suas sábias mãos a resposta. E aguardo.

MEMORANDO 000982

Caro Senhor,

Como combinamos previamente, encaro o seu silêncio como uma afirmação. De modo que o Valdir vai prosseguir sua consultoria até o fim do mês e ganhar o suficiente para o seu tão almejado feriado com a namorada (nem sei mais quem seria essa senhorita). Mas quando pensei ter agido com sabedoria e resolvido a questão, eis que ela se desdobra inesperadamente. Ao voltar do almoço lá no Juarez, hoje, me deparo com uma pequena reunião aqui na Serviços Interinos. Claro que eu era o objeto do conluio, de forma que fui me sentar na escrivaninha como quem não quer nada, altivo e acima de picuinhas. Pouco depois, o Bigode se adiantou, falando em nome de todos, e sugeriu — veja só, Vossa Senhoria — que eu fizesse uma licitação para contratar o Valdir em caráter definitivo. Olhei para meu filho, que baixou a cabeça. Senti umas brasas subirem do estômago e me ruborizarem a face. Por um momento, perdi a compostura! Gritei. Saltei nos tamancos, como se costuma dizer por aí. Chutei o pau da barraca. Chutei o balde. Rodei a baiana. E olhe que não sou homem de ter esses chiliques. Mas como puderam eles imaginar que eu fosse utilizar minha posição de Gerente de Assuntos Relacionados para contratar meu próprio filho!!! Longe de mim! Destemperado, ameacei todos de exoneração se continuassem a agir daquela forma irresponsável! Então o Gringo veio em minha direção, com passos lentos e ameaçadores. Confesso que tremi. Aquele homem me mete medo. Tem um rosto sério. Nunca o vi sorrindo! E os olhos... Ele veio e chegou bem em frente à minha escrivaninha. Subitamente parou. Ficou me encarando. Me dei conta de que estava jogando uma grande cartada. Poderia sair daquele confronto totalmente desmoralizado perante meus subalternos. Permaneci em pé, encarando-o também ostensivamente, e quando ele passou a mão pela cintura julguei perceber o faiscar de um punhal. Mas o movimento de sua mão prosseguiu (para meu alívio) e subiu até a cabeça, onde ficou paralisado por um momento. Pensei, então, que ele ia desferir um golpe de cima para baixo, direto na minha testa. Nesse momento ele soltou um berro tão alto e tão temível que se eu não fizesse uma sutil, mas decidida contração naquela região entre a bexiga e a uretra, teria passado vergonha na frente de todos. E quando pensei que o golpe vinha com toda a fúria, imagina Vossa Senhoria o que aconteceu? O Gringo bateu com os pés no chão e começou um sapateado flamenco, muito concatenado, muito bem dançado, acompanhado por palmas e gritos. Minha primeira sensação foi a de que o homem tinha enlouquecido. Permaneci rijo, endurecido do cóccix até a ponta da cabeça, aguardando o que viria em seguida. Entretanto, com o canto dos olhos, pude notar que os demais, isto é, dona Janice, o Cícero e o Bigode sorriam divertidos. Valdir também estava espantado como eu. Mas quando o sossegado Cabeça veio da porta arrastando suas sandálias e rindo, entendi que aquilo não era novidade, era número antigo! Foi dessa forma que eu soube que o espanhol tinha lá o seu senso de humor! O ambiente desanuviou e todos passamos a rir e a acompanhar com palmas a dança do Xavier. Caí em mim e olhei agradecido para o Gringo, que retribuiu encerrando a dança com um gesto altivo e gritando "olé!". Depois desse ato a discussão retornou, agora de um modo mais tranqüilo. Mas prossegui firme na minha resolução de não licitar a contratação do meu filho Valdir. Notei sua expressão triste, o que me doeu fundo, acredite Vossa Senhoria. Mas existem certos limites que não podem ser rompidos, e o guardião desses limites é o pudor! Até mais.

MEMORANDO 000983

Caro Senhor,

Como são difíceis certos passos da nossa vida. Encaro-os como provas. E creio estar sendo submetido a alguma delas. É o problema com meu filho Valdir, que prossegue. Todos no escritório — um de cada vez, como se tivessem combinado — vêm conversar comigo. Eles dizem que o Valdir pode ser um auxiliar do Bigode nessa implementação da informática. E quando digo que não há necessidade de duas pessoas para fazer o serviço de uma, recaem sobre minha pessoa olhares impacientes, como se eu fosse alguém de raciocínio lento, incapaz de acompanhar o que está em jogo. Mas não se trata disso, de modo algum. O que eles pensam? Que para mim não seria uma felicidade ver meu filho empregado? Claro que eu gostaria, muito embora não seja esse o futuro que eu, como pai, sonhei para ele. Gostaria de vê-lo crescer, fazer carreira: um advogado, um engenheiro, um empresário. Um filho tem que jogar os limites do seu pai mais para cima. É assim que caminham as gerações, Vossa Senhoria não concorda comigo? Entretanto, se com vinte e oito anos ele nem conseguiu passar no vestibular, minhas expectativas baixaram bastante, e tê-lo empregado a meu lado seria motivo se não de felicidade, pelo menos de tranqüilidade, o que não é pouco, nos dias de hoje. Bem, voltando ao busílis da questão. O fato de não ter aceito contratar meu próprio filho tem me causado tantos problemas, estou sendo tão malvisto, que isso me deprime, confesso. Aqui na repartição todos me olham como se eu fosse um monstro. Até dona Janice, que dificilmente quer mal a alguém, anda me olhando torto. O Bigode toda hora vem tentar me demover. Quando digo que existem estatutos, que não se pode ficar contratando parentes, ele sorri, apenas sorri. Um sorriso bíblico. Como dizendo: homem de pouca fé! Insinua que existem muitos modos de driblar certos estatutos, mas não entra em detalhes com receio, talvez, de denunciar seus estratagemas. Quando vê que não afrouxo, afasta-se abanando os ombros e olha para os outros com expressão de quem diz: "*o homem é uma pedra!*". Ele também se afeiçoou ao Valdir, apesar de o meu filho ser mais chegado em axé music, coisa que ele (Bigode) odeia. Como agir, caro Senhor, diante dessa situação? Tenho procurado ler vários livros sobre como dirigir empresas, para estar à altura do meu cargo. Comprei num sebo a biografia do Iacocca e aprendi muito com essa leitura, mas lá não diz nada sobre essa situação em particular. Fui descobrindo aos poucos que toda aquela turma — o Gringo, o Bigode, dona Janice, Cícero e mesmo o Cabeça — conseguiu o emprego graças a algum tipo de apadrinhamento. O Gringo armava palanques para um político, o Cícero era cunhado de um advogado que conhecia um juiz que trabalhava aqui. A mesma coisa com os outros. Acho isso intolerável! É injusto para aqueles, como eu, que prestaram concurso honestamente! Está certo que nunca na minha vida eu esperava este cargo de gerência, nem me julgava à altura dele. Queria mesmo era trabalhar num bom almoxarifado. Aquela coisa organizada: manda cinco resmas de sulfite ofício para a repartição tal, canetas e tinta para carimbo para a repartição qual. Coisas claras, definidas, fáceis de contabilizar. Já disse a Vossa Senhoria que gosto muito de papelaria? Pois é o meu fraco. Minha esposa às vezes tem que me dar verdadeiras broncas para refrear meu impulso consumista quando entro numa papelaria. As agendas me deixam louco. Este ano adquiri três, logo eu que mal tenho compromissos. Mas desculpe ter saído tanto do assunto. O fato é que me sinto oprimido: oprimido por ter causado um desgosto ao meu filho e oprimido por ser julgado um monstro pelas pessoas ao tentar manter uma retidão mínima na condução desta repartição. E assim, com o peito opresso por variegadas opressões, despeço-me.

MEMORANDO 000984

Caro Senhor,

A pressão está se tornando insuportável! Chego todo dia em meio a um festival de caras feias. Só o seu Élito, o Cabeça, é que ainda sorri para mim, o bom homem! Mas o Bigode anda envenenando o ambiente. E, como se não bastassem as coisas por aqui, lá em casa o clima beira o insuportável. Quando minha mulher soube da minha decisão, tornou-se de uma amargura, de uma raiva impotente, de uma secura tal que quase não me dirige a palavra. Age como se eu tivesse negado a última oportunidade ao meu filho de ter algum recurso próprio, uma carreira, por incipiente que seja. Tentei explicar de todos os modos, argumentar com racionalidade, mas tudo em vão. Toda noite me espera agora um jantar frio, sem a regalia sequer de uma sobremesa. Essa é a sua maneira silenciosa de me condenar! Pior foi a reação do Formoso, meu irmão do meio, com quem mantenho uma relação mais ou menos tensa. Com aquele seu sarcasmo habitual, ele riu da minha atitude de um modo tão... nem sei como adjetivar... vá lá: ignóbil. Acho ignóbil aquela sua gargalhada. De tudo ele tira sarro. E eis-me aqui, vítima de silêncios e rancores e sarcasmos e sei lá mais o quê, apenas por tentar ser minimamente decente! Eu mesmo, à noite, quando me olho no espelho, não sei quem sou! Acha Vossa Senhoria que eu estou agindo corretamente? Estou sendo muito enérgico, quiçá? Como saber? Ah! Queria tanto ter vossa serena sabedoria silenciosa! Mas quem sou eu? Um reles fiscal, alçado talvez por engano a um cargo de gerência para o qual não estava preparado! Não sei nem mesmo como me dirigir a Vossa Senhoria. Espero que me desculpe se uso termos inadequados, mas estou aprendendo na marra, em meio ao trabalho, sem fazer cursos preparatórios. Às vezes tenho vontade de desistir. É tudo complicado. Acho que não estou preparado para esse cargo que o acaso atirou em minhas mãos. Mas fazer o quê? Voltar para as ruas? Seria muito deprimente! Vossa Senhoria não faz idéia das coisas que eu testemunhei! Das cozinhas imundas, nas quais baratas passeavam tranqüilamente perto dos fogões! Em algumas, flagrei ratos. E mesmo naquelas em que não havia sinais de insetos ou roedores, testemunhei cenas terríveis de reaproveitamento de comida, dedos com esparadrapo dentro do caldeirão de sopa. Durante muito tempo tive inapetência. Mesmo a comida de casa me dava náuseas! E não é só isso: fui perseguido muitas vezes por irascíveis donos de botecos. Um deles me ameaçou de morte. Outro lançou em meu encalço um pit-bull assassino que me perseguiu por dois quarteirões, e se estou vivo até hoje é porque o cão não sabia subir em árvores! Fui espancado por colegas fiscais por recusar-me a participar de um jogo sujo, de fazer vista grossa em troca de um "alívio", pois o que ganhávamos era uma miséria! Saí com diversas escoriações e hematomas em diversas partes do corpo, e só quando minha mulher pediu de joelhos que eu cedesse, resolvi a contragosto, confesso a Vossa Senhoria, participar do esquema, pois senão teria que viver apanhando ou abandonar minha família na penúria. E por isso eu quis abandonar aquela vida e encontrar um lugar tranqüilo num pacato almoxarifado. Prestei concurso honestamente mas eis-me guindado a este posto tão importante de Gerente de Assuntos Relacionados, do qual muito me orgulho, cargo tão alto que me escapam seus objetivos, mas que me obriga a essa difícil decisão moral! Que fazer, caro Senhor? Que atitude tomar diante disso? Manter-me no ostracismo? Como explicar às pessoas meu dilema interno sem causar riso, hoje em dia, quando — não sei bem quem disse com muita propriedade — o dinheiro não queima mais a mão de ninguém. Diariamente, quando leio os editoriais dos jornais que chegam até à nossa repartição, testemunho a grita geral contra a dissolução da coisa pública. Mas por que, quando eu tento agir de acordo com a indignação que se levanta em toda parte, sou julgado pelos que me cercam como alguém antipático, se não tacanho de mentalidade? Sei que não devo esperar resposta nenhuma, mesmo assim agradeço sua atenção.

MEMORANDO 000985

Caro Senhor,

Tenho pensado muito sobre os últimos acontecimentos e algumas coisas ainda me deixam cheio de perplexidade. Veja se não tenho pelo menos alguma razão. Que o seu Élito queira este emprego eu entendo; o bom homem é de uma grande simplicidade, em tudo humilde. Dona Janice, também, com aquele sistema nervoso abalado e com a sua idade, dificilmente iria conseguir nova colocação. Agora, o Cícero... Ele tem seu quintalzinho lá no Jardim

Joara, onde planta suas ervinhas e raízes, das quais extrai esses chás medicinais muito populares, sem contra-indicação e de efeito, segundo ouvi dizer, muito eficaz contra diversos tipos de achaques, seja do fígado, do estômago, da vesícula ou da garganta, sendo útil especificamente contra todo tipo de constipado, flatulência, prisão de ventre, pedra nos rins e doenças até mais graves. Mas prefere ficar aqui, como boy. O Gringo é outro. Está certo que tem seis filhos para sustentar e uma mulher que não o deixa negar fogo uma noite sequer, isso depois de dezesseis anos de casado. Soube disso por ele mesmo, quando tomávamos um cafezinho no Juarez. Depois daquele episódio do flamenco, nossa relação ficou melhor, apesar de ele me reprovar, como os outros, pelo meu descaso com o Valdir. Mas ele é muito habilidoso, sabe consertar tudo, é ótimo em carpintaria, é um eletricista de mão cheia, parece que também é bom mecânico e domina todos os aspectos de uma construção, desde a fundação de uma casa até a pintura e acabamento final. Além de tudo, sapateia divinamente. Com tudo isso poderia ganhar decerto mais até do que aqui. Mas parece meio resignado, desanimado. E o que falar do Bigode? É um gênio da informática. Espanta-nos todos os dias com seus conhecimentos. Disse, inclusive, que vai fazer um upgrade do nosso sistema, pois sabe montar um micro sozinho, tem todas as manhas, sabe onde encontrar peças mais baratas, faz rolos incríveis. Poderia faturar alto dando aula, ou sendo um técnico. Ele está na crista da onda. A informática é o mercado mais promissor! Cheguei a perguntar para ele por que não se dedica a isso, mesmo correndo o risco de perder um funcionário tão qualificado, mas ele ergueu os ombros com indiferença e bocejou. Aliás, boceja o dia todo. Parece que todas as noites fica acordado até muito tarde. Diz que não gostaria de ter um trabalho desses. *"É muito trampo!"*, diz. (Uma coisa que me deixaria feliz, caso o Valdir viesse a trabalhar aqui, é o fato de ele aprender com o Bigode. De repente a informática pode ser o seu caminho. A esperança é a última que morre.) Então — retomando —, o que acontece com essa gente toda? Arrisco o palpite: eles se acostumaram a não fazer nada. Isso de não fazer nada é um ladeirão! Quando uma pessoa escorrega nessa coisa, vai fundo e dificilmente retorna. Vejo pelo Formoso, meu irmão do meio. É a mesma coisa. Vejo pelo Valdir. Acostumou nessa coisa meio flutuante. Quem cai nessa não consegue mais suportar pressão. Fica arredio. Só quer saber de moleza. Será que estou sendo duro? Vossa Senhoria talvez tenha uma perspectiva melhor do assunto. É difícil julgar os outros. Mas o que me importa é: são todos funcionários listados na Serviços Interinos, têm um dever a cumprir aqui, certo? Não é da conta deles o que faço com meu filho! Serei duro a partir de agora. Quem folgar vai ouvir! E não adianta o Gringo querer quebrar o gelo com seu flamenco furioso. Também tenho minhas responsabilidades, ora essa! Veja só... parece até que Vossa Senhoria me inspirou esses pensamentos. Se realmente foi, obrigado!

MEMORANDO 000986

Caro Senhor,

São oito horas da noite. Todos já se foram. Encontro-me sozinho neste momento. Estou aqui neste edifício imenso, cheio de repartições, sendo a nossa uma entre centenas. Estou remoendo meus ressentimentos. Sim, meu amargo ciúme. Sei que só vou entregar este memorando amanhã, mas escrevo-o agora porque quero deixar para Vossa Senhoria a impressão vívida do que sinto, honrando assim nosso relacionamento sincero. Acontece que Formoso, meu irmão do meio, esteve aqui hoje. Aliás, já lhe falei dos meus irmãos? Tenho dois, sendo eu o primogênito. Em seguida vem o Formoso, que é uma pedra no meu sapato. Por último, vem o Pináculo. Muitas pessoas estranham isso, pois Modesto é normal como nome e não como sobrenome. Mas, no nosso caso, Modesto é o nome de família, o que indica que não podemos sequer fugir da nossa modéstia! E por isso nosso pai, o velho Modesto, que não gostava do seu nome (Ernesto Modesto), resolveu compensar a supracitada modéstia do nosso sobrenome com prenomes majestáticos. Ele julgava que o nome possui não sei que poder mágico capaz de influenciar a personalidade da pessoa. Temia que o "Modesto" nos obrigasse sempre à mediocridade. Assim, batizou-me Máximo, para equilibrar. Mas acho que o sobrenome familiar tem mais peso do que o nome, pois sinto-me muito mais modesto do que o máximo em qualquer coisa, e isso sinceramente. Por isso, sempre tive como ideal alcançar pelo menos o máximo na modéstia, ou o máximo da modéstia, como queira. Fazer bem o meu trabalho, em silêncio, é a minha divisa. Já Formoso, que com certeza é muito pouco formoso, de maneira nenhuma pode ser considerado um modesto. É a pessoa mais arrogante que já conheci. Nem sei como pode ser meu irmão. É em tudo diferente de mim. Não gosta de trabalho e vive de muambas, vendendo coisas, fazendo planos mirabolantes para enriquecer, planos que nunca dão certo e me causam problemas, pois nem uma nem duas vezes precisei buscá-lo em alguma prisão ou bancar seu fiador, ficando no prejuízo. Tive o nome no protesto por sua causa. É de espantar que ainda possa estar andando por aí, solto! E ele tem sei lá que pinimba comigo. Desde criança foi assim. Parece que quer se dar melhor do que eu em tudo! Já o Pináculo recebeu esse nome porque nasceu muito grande, e é hoje ainda o mais alto de nós, com quase um metro e noventa. Daria um belo jogador de vôlei ou basquete, mas foi dotado de poucas luzes, tanto no aspecto cognitivo como no motor. Entretanto, afetivamente é uma maravilha. Alma boníssima! Humilde! Trabalha como frentista num posto perto de casa. E adora o Formoso. Bem, na verdade, todo mundo adora o Formoso. Minha mulher, meu filho Valdir. E o desgraçado sabe mesmo ser simpático. É alegre, expansivo. É um canalha simpaticíssimo. Por mais que apronte, parece que as pessoas não ligam. Quando chega em casa, todos são sorrisos! Isso mexe comigo! Mexe fundo! Tenho lá minhas carências, sou humano. Odeio que me achem antipático, mas sou uma pessoa de princípios e deixo os princípios me guiarem. E não existe modo de se tornar mais antipático que esse! Vossa Senhoria me desculpe se estou sendo amargo, mas é que o Formoso, como disse, esteve aqui hoje. E aconteceu como sempre acontece. Todos amaram ele! Dona Janice ficou encantada. O Gringo o levou até o Juarez para tomar cafezinho. Cícero e Bigode ficaram ouvindo suas histórias por umas duas horas. Até o Cabeça abriu seu sorriso de dentes perfeitos (apesar da avançada idade) quando o Formoso o chamou de "compadre", o demagogo! Parece que as pessoas preferem uma mentira simpática à verdade rabugenta. Mas a verdade é real e a mentira é ilusão, não estou certo? O fato é que depois que o Formoso saiu, deixou um rastro de perplexidade. Todos me olhavam com aquela cara de: "*Como os dois podem ser irmãos? Um tão legal, o outro um chato!*". Não, não estou sendo paranóico. Vivi com isso desde criança. A gente é o que é, e cada um é de um jeito, mas tem jeito que agrada mais aos outros, fazer o quê! E nada agrada mais do que a demagogia. O Formoso tem esse dom de mexer comigo. O pior é que ele ficou rindo, fazendo piadinha porque não deixei o Valdir trabalhar aqui, me chamando de CDF e outras coisas! Está sendo difícil segurar essa barra. Não quero ser o chato. Por isso, fiquei até mais tarde escrevendo este memorando. É para pedir sua intervenção no assunto. Estou pensando em licitar a contratação do meu filho Valdir como assessor de assuntos ligados à área de informática, abaixo do posto de Adjuntor, que já pertence ao Bigode. Vossa Senhoria concorda? Se não concorda, comunique-me amanhã sem falta. Se concorda, basta o seu silêncio. Aguardo ansioso.

MEMORANDO 000987

Caro Senhor,

Só para dizer que agradeço sua resposta afirmativa. Apesar de que nem Vossa Senhoria nem eu ficamos com as glórias pelo fato e nós a merecíamos, eu por interceder e o Senhor por acatar. Mas todos acham que foi a pressão do Formoso que acabou resultando na minha mudança de opinião, o que tem um fundo de verdade, mas não do modo como pensam, e isso me irrita profundamente. Quando dei a notícia em casa, o Valdir foi abraçar o tio. Aqui a mesma coisa. Todos acharam que a vinda do Formoso precipitou as coisas e isso é apenas meia verdade. Sinto revolta quando meias verdades são julgadas verdades inteiras. Mas em compensação já não recebo mais olhares tortos. Todos me tratam como se eu tivesse recobrado o juízo, visto a luz, caído na real. Talvez tenham razão. Só sei que isso tudo me deixou exausto. Ainda bem que é sexta-feira. Domingo vou com um colega lá para São José do Rio Pardo passar o dia pescando lambari e jogando conversa fora! Até segunda!

MEMORANDO 000988

Caro Senhor,

Passada a turbulência da última semana é com a alma leve que reinicio nossos trabalhos na Serviços Interinos anunciando para breve uma rede de computadores aqui, promessa do Bigode, que ficou muito animado com a idéia. Quando sair a licitação do Valdir, ele vai ajudar o Bigode a implantar a rede. O importante é que dona Janice está redigindo todos os documentos e fazendo backups, guardando em disquetes. Fico satisfeitíssimo de saber que foi na minha gerência que a Serviços Interinos informatizou-se. Creio que seja uma contribuição a ser levada em conta. O ar está mais leve. Formoso partiu para um negócio obscuro na fronteira do Paraguai e acho que por um bom tempo não vamos ter notícias dele. É chato dizer isso de um irmão, mas fico menos ansioso quando ele está longe. Só espero que não tenha de ir tirá-lo de alguma prisão, como já ocorreu diversas vezes. Enfim, as coisas correm de vento em popa. E cada vez mais sou agradecido a Vossa Senhoria pelo modo original como conduz a nossa repartição. Admiro a forma como vosso silenciar sobre todas as coisas é mais eloqüente do que os discursos mais palavrosos. Estou cheio de otimismo em relação ao futuro. Estava lendo um livro com biografias de escritores célebres e não sei quem deles, acho que foi o que escreveu *Guerra e paz*, não tenho bem certeza, quando foi receber o prêmio Nobel disse no discurso que gostaria que a sua obra fosse um pequeno tijolo ajudando a construir o universo, pequeno sim, mas que, se retirado, faria ruir o universo inteiro. Achei isso lindo! É um exemplo de máxima modéstia, desculpando-me de antemão pelo trocadilho. E é esse o meu objetivo para a nossa repartição, a Serviços Interinos! Que ela seja um pequeno tijolo, mas que se retirado fará ruir o universo forense. Veja Vossa Senhoria como vosso método me inspira. Até.

MEMORANDO 000989

Caro Senhor,

Aconteceu um pequeno milagre aqui na Serviços Interinos. Hoje pela manhã alguém entrou aqui. Aqui, sim! É a primeira vez que isso acontece desde que sou Gerente. Na verdade, a mulher estava perdida, vagando pelo edifício em total desamparo, num abandono mesmo. Tanto que chorava. Creio que nesse momento deve ter visto a nossa porta e julgou encontrar aqui algum sinal, o fio da meada de suas buscas. Sua aparição nos apanhou de surpresa. E todo o quadro de funcionários estava presente, inclusive Valdir. E o Cícero estava mostrando sua caixa de ervas porque sugeri que ele fizesse um pequeno pronto-socorro, coisa que o motivou bastante (li sobre isso num livro que adquiri num sebo, que fala sobre como o gerente deve saber motivar seus funcionários). Estávamos todos olhando a caixa do Cícero quando o seu Élito, o Cabeça, surgiu boquiaberto conduzindo uma mulher, sem saber que atitude tomar, o que fazer com aquela estranha, pois apesar de porteiro estava destreinado para receber gente e tentava enfiar uma senha à força na mão dela, mas a mulher chorava muito! Todos nós ficamos um momento sem saber como agir. Fiz um meneio para o Cabeça, como dizendo que não precisava de senha. O Gringo, num gesto de grande delicadeza que até me espantou, apanhou uma cadeira e a ofereceu para a mulher sentar. Todos nós a cercamos, pedindo que se acalmasse. Dona Janice veio até ela e segurou sua mão. A mulher então, como que tomando consciência, lançou-nos olhares inquiridores, tentando avaliar onde havia se metido. A presença de dona Janice deu-lhe a confiança necessária para iniciar o relato de suas desventuras. Entre soluços e gemidos, a pobre contou uma história confusa a respeito de um inventário que estava fazendo desde que o pai morreu, há exatos dez anos, e que nunca ficava pronto. Pior: perdera contato com o advogado e estava tentando localizar seu processo sem êxito, sendo mandada daqui para acolá, vagando feito um espectro pelas escadarias e elevadores, caminhando sem rumo por corredores sombrios com portas infinitas, que nunca eram aquela que devia encontrar. Ficamos assombrados como a morosidade da lei fora particularmente severa com a mulher e como tudo parecia conjuminar para deixá-la desorientada, pois não parecia dotada de muita vivacidade. Falou da sua vida, da sua viuvez recente, de como os filhos a tratavam. Dona Janice começou a chorar também, e como a vida não cessa de espantar, vi os olhos do Gringo lacrimejando. Perguntei ao Cícero se ele não tinha algum calmante entre as suas ervas e ele resolveu fazer um chá de capim-cidrão. O Bigode, que era o mais antigo de nós ali, perguntou qual era a sala que a pobre deveria encontrar. A mulher mostrou um papel e ele disse que sabia onde era. Ela abriu um sorriso que foi um sol que iluminou o escritório. O ambiente desanuviou. O Cabeça ria, feliz. Cícero chegou com o chá, que acabou servindo para todo mundo, nuns copinhos de plástico apanhados do bebedouro lá do corredor. A mulher, uma tal Antonieta, disse que nunca tinha sido tão bem atendida... na vida! Veja bem, Vossa Senhoria! Na vida! Se isso não é um elogio, o que será? E estava indo tudo bem, a pobre senhora apenas deixando o chá fazer efeito para ser levada pelo Bigode à sala que procurava, quando resolveu fazer a pergunta: "*E vocês? O que é que fazem?*". O ar voltou a adensar-se e todos olharam em minha direção, aguardando minha resposta com certa expectativa. Foi uma prova de fogo, garanto. Resolvi não dificultar as coisas, indo pelo caminho mais simples. "*Nós fazemos parte da Serviços Interinos!*", respondi, com convicção. Senti um alívio geral. Mas a mulher insistiu: "*E o que faz esse departamento?*". Um novo constrangimento tomou conta da sala. Novamente senti os olhares queimarem a minha nuca. Sabia que se demonstrasse a menor insegurança, perderia toda a credibilidade. Respondi de maneira jovial: "*Fazemos serviços. Interinos, é claro!*". Ela então disse: "*Ah!*", com uns olhos esgazeados, como se ainda não tivesse atinado com o sentido das minhas palavras, embora cedesse ao óbvio da afirmação. Agradeceu a nossa gentileza novamente e saiu, acompanhada pelo Bigode. Quando fui para a escrivaninha, senti que dona Janice me olhava com admiração e orgulho. E sua aprovação irradiou-se para os demais. Até Valdir me encarava perplexo, espantado de que o pai pudesse ser digno de uma apreciação favorável. Acontece que, muito embora eu não fizesse uma idéia clara do que nossa pequena repartição significava no conjunto geral forense, tampouco o que era meu cargo, eu havia agido à altura, tanto do cargo quanto da repartição. Isso era o que importava no momento: agir como gerente, ser reconhecido como gerente, personificar o gerente. É isso, descobri então, Vossa Senhoria, que todos esperavam de mim. Tão-somente isso. E eu ainda não havia atinado com essa coisa tão simples. Até!

MEMORANDO 000990

Caro Senhor,

Ah! Que maravilha se mil Antonietas entrassem pela sala todos os dias! Gostaria tanto de sentir essa volúpia maravilhosa que é ter utilidade. Às vezes, caminhando pelo prédio, vejo alguns departamentos onde todos parecem perfeitamente conscientes daquilo que fazem. Invejo particularmente o pessoal do Xerox. A pequena sala está sempre lotada de gente! É impressionante como as expressões dos funcionários transmitem a serena certeza de um ofício bem realizado. Dois ou três botões apertados e zum! Lá vem a cópia que nunca decepciona ninguém, pois é exatamente aquilo que se está procurando. Não há nenhuma subjetividade tortuosa, nenhuma sutileza conceitual. *"Eu quero uma cópia deste documento, por favor."* *"Pronto. Aqui está!"* Pode existir mais bela relação entre dois seres? Uma resposta mais objetiva? Será que um dia ainda vamos chegar a essa perfeição aqui na Serviços Interinos, Vossa Senhoria? Tenho fé que sim, pois seu método de nos dirigir, se mais moroso, nos fará mais cônscios, mais donos da nossa vontade. Se alguma crítica se pode fazer ao pessoal do Xerox é uma ligeira frieza no atendimento, acompanhada por uma sutil expressão de enfado. Objetividade sim, mas não objetividade mecânica! Não somos máquinas de xerox! Somos gente! Veja, Vossa Senhoria, a que níveis de reflexão vosso método me impulsiona. Agradeço e silencio!

MEMORANDO 000991

Caro Senhor,

Que semana! Depois de resolver o problema do meu filho, que tanto me atormentou, e do episódio da dona Antonieta, outra luminescência aconteceu. Tive outro surto de entendimento, e dessa vez mais profundo! Acho que atinei com o sentido do meu cargo! Isso mesmo! Se não cheguei ao segredo mais íntimo, com certeza lancei alguma luz. Veja Vossa Senhoria como a coisa toda ocorreu. Estava eu feliz ainda pelo atendimento inesperado e totalmente satisfatório a dona Antonieta. Depois de almoçar no Juarez, fui dar um pulo ao sebo onde sempre compro meus livros. É um lugar que impressiona! Não sei se Vossa Senhoria conhece o Sebo Luís, que fica naquela galeria antiga, nas proximidades do Fórum. Na verdade o Luís já morreu e quem toca o negócio é seu filho, que também se chama Luís (Júnior), e que por isso manteve o nome do estabelecimento. São dois andares cheios de livros esparramados por todo lado. Tem tudo o que Vossa Senhoria possa imaginar: história, filosofia, religião, história em quadrinhos, eróticos, ufologia, auto-ajuda, esotéricos, direito, medicina, religião. Creio mesmo que todo o conhecimento do mundo está reunido naquelas salas mal iluminadas. E todos aqueles livros já pertenceram a alguém. Isso é uma coisa que me espanta. Pois se todo mundo lê tantos livros tão sábios, por que as coisas continuam a porcaria que estão? Será porque cada um lê só alguns daqueles livros e fica sem saber o que os outros têm para dizer, obtendo desse modo só uma parte do aprendizado? Mas como fazer para ler todos aqueles livros? Porque na verdade está tudo relacionado, não é verdade? Então, quando pensei isso, alguma coisa fez "Pimba!" bem lá dentro de mim. A ficha caiu. Tudo está relacionado! Logo, meu cargo de Gerente de Assuntos Relacionados é mais amplo do que eu pensava e abrange simplesmente... tudo! Como um relâmpago na noite escura que deixa entrever por alguns segundos a silhueta de uma grande montanha ao longe, julguei vislumbrar o perfil do meu cargo! Juro que tremi ante a responsabilidade. Senti medo. Por que eu? Terei a estatura necessária para levar até o fim essa empreitada? Queria ser um simples almoxarife enviando cartuchos de impressora para as repartições, preenchendo requerimentos de materiais, calculando estoque, coisas para as quais se pode contar com o auxílio de uma boa calculadora. E eis-me, entretanto, aqui, liderando uma vasta pesquisa que inclui tudo o que possa se relacionar com alguma outra coisa! Será que estou no caminho certo, Vossa Senhoria? Se estiver apanhando alguma contramão, algum atalho errado, gostaria que Vossa Senhoria se manifestasse energicamente! E, se nada disser, aceito seu silêncio como indicação favorável! No aguardo, sem mais, despeço-me.

MEMORANDO 000992

Caro Senhor,

A julgar pelo seu didático silêncio, a minha intuição do outro dia a respeito do meu cargo, aquela coisa de tudo se relacionar com tudo, está certa. Estou, então, no caminho? Que felicidade! É um incentivo! Tentei explicar para os meus funcionários, mas pelos olhares vagos senti que ainda não estão preparados para isso! Terei que proceder de um modo mais sistemático. Vejo nossa repartição como um centro muito importante de informações. Aqui as pessoas vão poder encontrar relações perdidas. Digamos que alguém tenha um assunto, mas não saiba a relação que aquele assunto tem com outro. Aqui é o lugar onde deverá procurar. Tentei exemplificar isso para eles numa linguagem mais acessível, dizendo que aqui uma pessoa poderá saber o que o nosso posterior tem a ver com as calças (utilizei para tanto uma linguagem mais chula). Sei que para chegar a isso vai ser necessário muito trabalho, e que estamos apenas no início da nossa trajetória. Mas uma coisa ainda me intriga. O que um Gerente de Assuntos Relacionados está fazendo numa repartição que se chama Serviços Interinos? Não consigo entender esse nome. Qual a relação exata entre uma coisa e outra? Vossa Senhoria percebe a complexidade da coisa? Que tudo está relacionado com tudo é um fato. Mas para descobrir COMO certas coisas se relacionam é que são elas. Arregaço as mangas e vou ao encontro desse objetivo. A luta é minha. A glória, se houver, será vossa! E por ora é só.

MEMORANDO 000993

Caro Senhor,

Uma coisa puxa pela outra. Tudo está relacionado! Comprei um livro lá no Sebo Luís que fala sobre o organismo. Na verdade é um livro de Medicina, mas estava muito em conta e era bem ilustrado. Gosto de livros que ilustram o que dizem. A gente entende melhor. Nada como um bom organograma para que todos saibam o que deve ser feito! Aproveitei para mostrar ao nosso humilde quadro de funcionários a extrema dependência que as coisas possuem entre si. Pode o fígado funcionar sem os outros órgãos? O coração, o estômago, os rins, os intestinos: nenhum pode parar, nenhum vive sem o outro! O Bigode virou para mim e disse, daquele jeito meio indiferente: *"E daí?"*. Respondi que o nosso local de trabalho era como um complexo organismo onde tudo se relacionava, uma coisa dependia da outra para seu bom funcionamento. E que a Serviços Interinos, apesar da sua humildade e semi-anonimato, era também vital para o funcionamento do todo. Nosso colapso seria fatal para todo o organismo forense. Senti que eles gostariam que eu generalizasse menos e fosse mais específico. Querem o quê? Tudo mastigadinho? Aprendi muito com Vossa Senhoria, com seu silêncio escolástico. E vou agir da mesma forma com eles! É necessário que espanem esse torpor que os envolve e passem a raciocinar, investigar, inquirir! Então expus meu plano de pedir uma verba para adquirir os jornais e revistas da semana e começar a fazer um banco de dados nos nossos computadores (sim, pois o Bigode já está instalando a rede). Daí iríamos arquivando em pastas todos os tipos de assuntos. Num segundo passo, começaremos a criar relações entre eles! Exemplo: *"Futebol: esporte: fanatismo: religiosidade: fé: esperança: caridade: trabalho voluntário: crianças carentes: postos de saúde: medicina: contusões: futebol"*. É um trabalho fascinante! Podemos criar uma rede onde nada escapará e assim fornecer um suporte para os demais departamentos! Serviços Interinos! Por isso somos a Serviços Interinos! Que coisa surpreendente. Acabei de sacar isso, no mesmo momento em que redijo estas linhas! As coisas estão se esclarecendo! Tudo vai se relacionando aos poucos. Estamos nos encaixando! Viva! Desculpe por extravasar minha alegria num memorando, sei que não é local apropriado! Mas não posso evitar! Vou parar e refletir sobre esta minha recente descoberta. Volto em breve.

MEMORANDO 000994

Caro Senhor,

Estou com a cabeça fervilhando de idéias. Meu cérebro lembra a panela do pasteleiro da esquina quando ele atira a massa no óleo fervente. Faz aquele: SSSHHHHHH!!!! E a massa, antes amorfa, cresce, infla, cria forma, vira um pastel!!! Minha massa cinzenta é o pastel, agitando-se no óleo do vosso método de administrar nossa repartição. Espero poder provocar nos demais essa mesma sensação de desdobramento! E, modéstia à parte, creio que esse processo teve um início, tímido é verdade, mas concreto. Tentava eu explicar para todos o que fazer com algumas revistas e jornais que trouxe de casa e pelos quais iria iniciar o árduo processo de relacionamento das coisas. Então o Bigode deu um salto e disse que não era preciso aquela papelada toda. Perguntei por que e ele respondeu com outra pergunta, querendo saber se eu nunca tinha ouvido falar de hipertexto! Então falou sobre a Internet, a World Wide Web e como todas essas revistas e jornais e demais informações podem ser encontradas ali, de modo virtual, sem precisar amontoar nosso exíguo espaço com papel de verdade. Fiquei encantado. Pedi ao Bigode que passasse a ministrar um pequeno curso sobre a Internet para todo o nosso quadro de funcionários, com o fito de atualizá-los. Ele ficou animado com isso e deu hoje (na verdade, está dando) a primeira palestra, muito esclarecedora, procurando abrir nossa mente para a realidade virtual, explicando como bilhões e bilhões de informações navegam e são depositadas num lugar que ninguém sabe explicar onde fica. Todos prestaram muita atenção, embora não conseguissem — percebi pela expressão deles — formar uma imagem mental mais definida (e aqui me incluo). O Cabeça sentou-se mais distante, e enquanto acompanhava a palestra balançava a cabeça de modo grave e afirmativo, parecendo estar ciente de participar de algo solene. Meu filho Valdir, perto dele, acenava em minha direção, fazendo um gesto de que o Cabeça estava com o fone do seu indefectível radinho de pilha no ouvido e, portanto, apenas fingia escutar a palestra. Dei de ombros. Seria demais pedir àquele homem septuagenário que entendesse a Internet, ele que já viu a televisão nascer e para quem o auge da tecnologia moderna é o radinho de pilha. O importante é que tome parte das reuniões, para sentir-se uma peça da esquema. O Bigode estava explicando tudo muito claramente, mas, apesar disso, quando começou a falar sobre navegadores, canais, links e e-mails, dona Janice desabou num choro incontido. Tivemos que suspender a palestra para que Cícero preparasse uma infusão calmante. E enquanto esperamos que ele prepare, resolvi redigir este memorando. Até.

MEMORANDO 000995

Caro Senhor,

Uma personalidade que impressiona é o nosso Ebenezer, o Bigode. Tão jovem para saber tanto e ao mesmo tempo tão desinteressado. Aos poucos vou descobrindo seu passado, graças ao Valdir, meu filho, que se tornou grande amigo, além de assistente, do nosso Adjuntor. Outro dia o Valdir veio com a história de que iria dormir lá no apartamento do Bigode e eu fiquei preocupado. Vossa Senhoria há de estar estranhando essa preocupação, afinal o Valdir tem lá os seus quase trinta e é homem feito. Mas seu caráter ainda não está formado. O caráter de um homem só se forma quando ele sai da casa dos pais, o que não é o caso, infelizmente, do meu filho. Além disso, sem querer prejulgar nosso Bigode, fico meio cismado com aquelas camisetas que ele usa, aquele visual metaleiro, aquele cabelo comprido, liso, escorrido. E como se não bastasse ainda tem um dragão tatuado no braço! Fora a coloração esverdeada da sua pele. Já vou falando sem peias: pensei em drogas! Já pensou se o sujeito é chegado em drogar-se? Só o que me faltava para o Valdir era isso. E qual pai não se preocupa hoje em dia? Minha mulher também ficou encafifada. "Bem...", eu disse, *"não vá me culpar agora por isso! Você quis ele empregado e ele está! Não posso vigiar todas as suas amizades! Vamos confiar!"* E é tudo o que nos resta. Confiar que nossos filhos tenham juízo. Nada mais podemos fazer! Entretanto, fiquei aliviado quando, no dia seguinte, o Valdir, durante a janta aqui em casa, contou sobre a noite passada no apartamento do Bigode (na verdade uma quitinete que divide com a avó, no centro), ouvindo rock pauleira (a avó é surda), bebendo cerveja e navegando na Internet até altas madrugadas. E parece que esse é o barato maior do Bigode, e por isso fiquei mais tranqüilo. Mas como a vida gosta mais de sobressalto do que de calmaria, o que o Valdir contou em seguida me deixou novamente alarmado. Ele disse que o Bigode era um tremendo hacker. Minha mulher já tremeu por conta e quis saber o que era isso. Valdir nos atualizou dizendo que era uma pessoa com grandes conhecimentos de informática, capaz de invadir sistemas secretos, penetrar segredos virtuais muito bem guardados, criar vírus de computador, enfim, uma atividade sombria e cavernosa. Resolvi que vou esperar um momento adequado e conversar seriamente com o Bigode sobre essa atividade ilegal. Quando tiver mais notícias, mandarei.

MEMORANDO 000996

Caro Senhor,

Na minha tentativa de procurar entender as pessoas com quem trabalho para extrair delas o melhor das suas possibilidades, requeri uma verba de representação e levei o Bigode para almoçar no Juarez. Não se trata de um restaurante caro, na verdade é um café com um mezanino onde se acotovelam pequenas mesinhas e onde também são servidos alguns pratos feitos. Fui direto. Pedi para o Ebenezer abrir o jogo. Não quero que suas contravenções coloquem em risco nosso departamento. Ele foi muito sincero comigo, diga-se de passagem. Disse que isso de ser hacker é um vício. Antes de ser autuado por mim e pelo Gringo, ficava o dia inteiro nessa atividade, que lhe dá grande prazer. Só vinha aqui para retirar o contracheque, que, junto com a aposentadoria dos avós, dava para que os dois levassem a vida. Na verdade, "Bigode" é como ele é conhecido na comunidade de hackers. Ele escolheu esse pseudônimo em homenagem a um grande hacker marroquino que atuava em Paris, conhecido internacionalmente como Moustache (bigode, em francês). Esse bandido conseguiu, segundo Ebenezer, devassar os códigos secretos da Nasa e do Pentágono! (Esse é, veja o Senhor, o ídolo dele.) De vez em quando, na necessidade de comprar equipamentos, o Bigode faz uns bicos, conserta uns micros para uma firma, instala outros, mas tudo isso o entedia até a morte. (Quantos não gostariam de ter um ofício tão lucrativo!) Perguntei o que ele já fizera como hacker e ele sorriu orgulhoso. Garantiu já ter invadido sistemas muito secretos. Só não iria dizer quais para salvaguardar minha pessoa! Ele mesmo adquiriu o hábito dos disfarces, não só para vir receber os contracheques como porque durante algum tempo fora perseguido por homens estranhos. Teve até que mudar-se do apartamento da avó para um galpão durante uns cinco meses. E, de fato, esses homens foram até onde ele morava falar com a avó, mas devem ter saído de lá exasperados. Segundo Valdir, a velha não entende nada do que se passa em volta e ouve tudo errado, pobrezinha! Por fim, o Bigode me garantiu que não faz essa atividade visando a algum tipo de lucro, é apenas uma vontade de conseguir desvendar segredos, de ser mais esperto. Ele me disse que é uma coisa que "*dá a maior adrenalina*", e que se a pessoa começa, não consegue parar. É uma "*atitude*", falou, sem me explicar direito o que entendia por isso. A conversa foi longe. Depois voltamos, pois ele iria justamente dar uma palestra sobre vírus. Mas o que ele me contou de mais surpreendente foi sobre sua vida. Outra hora eu falo sobre isso, porque agora dona Janice voltou a desabar no choro por não entender como uma máquina pode ser atacada por vírus, e tenho que acalmá-la. Até.

MEMORANDO 000997

Caro Senhor,

Conforme prometido no memorando anterior (000996), volto a relatar minha conversa com o funcionário Ebenezer, vulgo Bigode, Adjuntor da Serviços Interinos. Então. Antes de voltarmos para a repartição, onde ele daria a palestra — na qual dona Janice se desesperou —, no fim do nosso almoço, mais precisamente enquanto tomávamos o cafezinho, Bigode narrou-me surpreendentes fatos ligados ao seu nascimento irregular. Filho ilegítimo de um juiz (como sempre, ele evitou dizer nomes) com uma funcionária do Fórum, foi criado desde pequeno pelos corredores do edifício, não sendo, portanto, nenhuma surpresa o fato de ele conhecer tão bem os meandros da instituição. Depois de um tempo foi morar com os avós e lá ficou até hoje, tomando conta da avó agora viúva. Também não disse nada sobre a mãe, o que eu respeitei, por achar assunto delicado. Isso tudo bateu fundo e vim a ter piedade daquele jovem que teve um crescimento tão irregular, criado por avós, crescendo no meio deste lugar que, convenhamos, não é o ideal para uma criança. Assim, aos poucos vamos conhecendo as pessoas. Para mim o que importa é ter um funcionário qualificado — e como! — para colaborar com o nosso serviço insano de relacionar todas as coisas relacionáveis. Ah! Estamos agora com um processador de última geração, graças ao Bigode! Até mais.

MEMORANDO 000998

Caro Senhor,

Todos aqui parecem estranhar muito estes memorandos que escrevo. O Valdir me perguntou por que os escrevo se não recebo respostas. Devo responder a eles? Creio que não! Eles ainda não se deram conta da seriedade desta instituição. Não percebem onde estão de fato! Na verdade, são almas ingênuas. Quanto a mim, é com grande prazer que redijo um memorando. É um dos mais belos momentos do dia. Sei que às vezes exagero e caio nuns excessos que nada têm a ver com o formato deste documento simples e honesto. É da minha natureza. Entretanto, devo dizer que nada é mais belo do que uma troca de memorandos. É conciso, claro. Quem dera a natureza não nos desse o dom da fala e para que houvesse a comunicação os seres tivessem que trocar memorandos! Creio que muitas guerras seriam evitadas. A fala é explosiva, falamos de chofre. Se uma emoção nos atinge, vai direto para a língua, precisamos expressar na hora. Quantas vezes na vida uma pessoa não se odeia por ter falado sem pensar?! Quando sentamos para escrever, temos que fazer toda uma elaboração. Só aí já deu tempo de esfriar a cabeça. De refletir. O mundo seria mais gentil, mais organizado, mais límpido se tudo fosse feito por meio de trocas de memorandos. E, mesmo neste caso nosso, onde a coisa tem uma via só, ainda assim acho que há uma feliz troca entre o meu memorando questionador e o seu silêncio instrutor. É só ver o que era a repartição quando cheguei: desolada, tristonha; e o que é hoje: ativa, promissora. Até!

MEMORANDO 000999

Caro Senhor,

Por acaso tem Vossa Senhoria escutado algum som estranho ou são meus ouvidos que me pregam peças? Durante certas tardes, escuto um mugido! Um mugido distante. Como estamos próximos do quilômetro zero, bem no centro da cidade, creio que vaca não há de existir na região, muito menos dentro deste edifício. Mas às vezes parece tão claro... Talvez seja uma certa nostalgia da velha chacrinha do meu avô. Será que, quando envelhecemos, todo o passado começa a ficar mais nítido a ponto de ouvirmos sons e sentirmos cheiros de coisas antigas? Mas pode ser outra coisa. Quando redijo um memorando fico tão concentrado que entro numa espécie de transe. Ouso dizer que fico com minha percepção das coisas alterada. Outro dia mesmo aconteceu uma coisa estranha. Estava escrevendo o memorando quando percebi, ou julguei perceber, uma forma escura, sei lá o que era, caminhar pela sala. Mas percebi assim, com cinco por cento da atenção. Os outros noventa e cinco estavam no memorando. Depois "senti" também uma agitação envolvendo os funcionários da Serviços Interinos, que se aglomeraram e discutiram em voz baixa. Em seguida foram saindo vagarosamente. Aí não me lembro de mais nada. Esqueci esse incidente. Só em casa, à noite, quando inutilmente tentava dormir (pois nessas fases agitadas tenho dificuldade para pegar no sono), ela voltou a bailar na minha cabeça, mas eu não conseguia distinguir o que era aquela sombra escura, se era de fato algo existente ou produto da imaginação. Levantei-me e fui até a sala, onde encontrei o Valdir e sua namorada assistindo a um vídeo. Perguntei se ele se lembrava de alguma movimentação estranha e senti que ele desconversou. Desconfiei. No dia seguinte chamei todo o quadro dos funcionários e fiz a mesma pergunta. Novas respostas evasivas. O pior é que não tenho moral para acusar, pois não sei se é algo como o caso da vaca, coisas que ouço quando estou concentrado, ou algo real! Espero não tê-lo incomodado com questões tão vagas. Paro por aqui.

MEMORANDO 001000

Caro Senhor,

Que data festiva, essa! Estou mandando o milésimo memorando (se esta contagem está mesmo certa, do que não tenho absoluta certeza). Mas o que importa, mais do que saber se este é exatamente o milésimo ou não, é o lado simbólico da coisa. Está certo que não fui eu quem começou e escreveu o primeiro (quem dera fosse!). Mas fico orgulhoso de ter sido quem lhe mandou o milésimo! Neste momento estou apreensivo com o tratamento que venho dispensando a Vossa Senhoria. Nem sei mesmo se Vossa

Senhoria seria o mais adequado. Outro dia despertei no meio da noite, assim de repente, com uma expressão na mente: *"Vossa Excelência!"*. Seria esse o tratamento? Ou outro com que não atino? Gostaria de me desculpar! Como disse anteriormente, venho das ruas, estou acostumado a lidar com gente que não merece nem ser chamada de "você"! E também, quando inicio os memorandos utilizando o termo *"Caro Senhor"*... será informal demais? Seria melhor *"Ilustríssimo"*, *"Digníssimo"*, *"Reverendíssimo"*? Juro que fico perdido. Mas como já comecei chamando-o de *"Senhor"*, por uma certa lógica passei a utilizar a expressão *"Vossa Senhoria"*. Espero que não se importe com isso. Já me acostumei, e uma mudança de tratamento agora mexeria com uma certa imagem que tenho de Vossa Senhoria quando o chamo de Vossa Senhoria ou de Caro Senhor. Sim, aos poucos fui construindo uma tênue imagem mental que me facilita quando tenho de escrever um memorando. Depois, se Vossa Senhoria julgar por bem que eu mude o tratamento, farei isso sem a menor consideração, quer dizer, com o maior apreço! Como dona Janice está começando a digitar todos os memorandos (e ela é muito lenta), falei com o Bigode e ele me mostrou uma função muito útil do nosso processador de textos que é o *Find/Replace*. Por exemplo, coloco uma palavra no *Find* (procurar), digamos "Vossa Senhoria", e outra no *Replace* (substituir), digamos "Vossa Excelência", depois aperto o *Replace All* (substituir todos) e por um passe de mágica todas essas ocorrências serão modificadas. De modo que, se me permite, prosseguirei com esse tratamento ao qual estou acostumado e ao qual, confesso, me apeguei. Mais tarde, Vossa Senhoria fazendo questão, editamos os memorandos com o tratamento adequado, aquele com o qual Vossa Senhoria achar que deva ser reconhecido pela posteridade. Até.

MEMORANDO 001001

Caro Senhor,

Sabe aquela história esquisita que eu narrei no penúltimo memorando (000999)? Sobre aquela coisa escura que eu julguei ter percebido, enquanto escrevia, muito concentrado, um memorando? Não foi cisma minha coisa nenhuma. É esse bando de malandros que eu tenho aqui! Às vezes penso que eles são pessoas perdidas para o verdadeiro senso de responsabilidade. Vossa Senhoria não vai acreditar nessa história, mas ela é real. Tenho até vergonha de contá-la, e se o faço é porque tenho para consigo o compromisso da transparência. Aí vai: depois de captar aquelas expressões evasivas descritas no supracitado memorando, passei a ter uma atitude um tanto mais solerte. E, mesmo quando estava tentando criar, a partir de um livro comprado lá no Sebo Luís (*Tratado de Psicanálise*), um livro tão árduo, tão difícil de entender, mas que me ajudava a elaborar uma seqüência complexa de relações para enriquecer nosso banco de dados, afundado em minha escrivaninha, quase suando pelo esforço da compreensão, mesmo nessas horas, dizia, eu levantava os olhos em momentos inesperados para ver se flagrava qualquer reação suspeita. Mas não vi nada de estranho, pelo menos aparentemente. A não ser o fato, inédito em si mesmo, de que todos me sorriam, coisa que fortaleceu minha suspeita. Não sou uma pessoa acostumada a reações espontâneas de afeto por parte de outros. Talvez a minha antiga condição de fiscal tenha gerado em mim uma, como posso dizer... deformação profissional. Estou sempre atento ao bom andamento das coisas e as pessoas sempre estão esperando que esse andamento seja suspenso de alguma forma. Em outras palavras, sou uma pessoa que vive bem os dias úteis, enquanto outras pessoas vivem aborrecidas com eles, olhando a folhinha na expectativa de algum feriado. Sei que sou aborrecido e isso não me aborrece, pois conheço os meus limites. De modo que, quando constatei, pela primeira vez, que o Gringo era desfalcado de um dos dentes incisivos, cheguei à conclusão de que algo não andava bem naquela repartição. Mas mais do que o sorriso banguela do espanhol carrancudo, meu termômetro foi a reação do Cabeça. O velho Élito é alguém que sorri compulsivamente. Seu sorriso é a sua marca registrada e por isso ele é tão querido. Nada mais bonito, Vossa Senhoria há de convir, que alguém cujo sorriso não é fruto do cálculo, mas brota de maneira espontânea dos lábios, acendendo a face que parece feliz em nos ver, ainda mais que, como creio que já tenha dito, ele ainda tem os dentes todos em bom estado e alvos, nessa idade avançada. E o Cabeça tem aquele sorriso espontâneo que independe de a pessoa ser feliz ou infeliz, é como um talento natural que uns têm e outros não, sorriso cuja marca registrada é o acompanhamento dos olhos. Sabe o que quero dizer? É aquela coisa do sorriso dos olhos. Quando os olhos sorriem junto com a boca, então o sorriso é sincero. Quando a boca sorri sozinha, desconfio! Enfim, quando tomei consciência de estar cercado de sorrisos por toda parte e que o sorridente-mor, o Cabeça, era o único que não sorria, antes estava tenso, me olhando com algum temor, minhas suspeitas se confirmaram e, batendo palmas enérgicas, convoquei todos para uma reunião. Quando eles se sentaram em círculo à minha frente, alguns (como Valdir e Bigode) no chão, por falta de cadeiras, e Gringo, pelo mesmo motivo, trepado numa caixa, vi que se esforçavam por parecer descontraídos. Dona Janice cantarolava, a hipócrita! E, enquanto eu procurava pelas palavras mais adequadas para começar a falar, notei que alguns olhares me traspassavam, dirigindo-se para um ponto às minhas costas. Soube, naquele momento, que o que quer que estivesse ali era o xis da questão, era aquela forma negra que bailara na minha atenção, no outro dia. Virei-me vagarosamente e o que vi superou qualquer expectativa que eu pudesse ter: um urubu. O porquê daquele urubu, caro Senhor, deixo para contar em outro memorando, pois o atual já superou em muito os limites desse tipo de documento e eu mesmo estou ainda digerindo a massa de informações que me foi atirada a partir do momento em que vi a agourenta ave. Sem mais.

MEMORANDO 001002

Caro Senhor,

O caso do urubu — antes que eu passe aos porquês — reforça minha tese sobre as dificuldades do meu cargo. Que relação pode haver entre um urubu e o serviço público? Entende Vossa Senhoria que a vida está sempre gerando relações muito difíceis de serem compreendidas, mas que possuem um nexo ou nem seriam relacionáveis? Tal há de ser nossa função: descobrir o nexo das relações mais absurdas. Vamos ao urubu! O seu Cícero, nosso boy quarentão, lá na sua casinha no Jardim Joara, viu sua pequena, mas prolífera, hortinha ser invadida por um urubu que surgiu não se sabe de onde. Como aquela região tem alguns descampados e uns esgotos a céu aberto, podia ser que a ave tivesse encontrado por ali carniças da sua predileção. Entretanto, por esses mistérios que acontecem, houve, assim, uma química entre o urubu e o Cícero. O urubu foi ficando e o Cícero foi deixando. Talvez fosse um urubu cansado de guerra. O certo é que até o hábito da carniça a ave abandonou, pois passou a ser tratada à base de café com leite e pão amanhecido. O mais engraçado e surpreendente é que a ave adquiriu, com o tempo, manias de cachorro. Atendia ao chamado de palmas e seguia o dono por toda parte. Só faltava abanar o rabo e latir. Bem... o Cícero não mora só. Sua irmã gêmea, Cícera, odeia o urubu e vive enxotando o bicho (que por isso mesmo ganhou o apelido de "Xô"). E a penúria deve estar grassando naquela região, porque alguns vizinhos também passaram a olhar a ave com olhos de guisado. Cícero, àquela altura apegado ao bicho, trouxe-o para a repartição. E aí eu perguntei: como? Vossa Senhoria tem paciência para escutar? Foi uma verdadeira operação de guerra que contou com a ajuda do Gringo no fabrico de um engradado com alguns furinhos. Bigode se fantasiou de carteiro e veio entregar a encomenda, que já estava sendo esperada, pois dona Janice expediu um requerimento avisando a portaria da chegada da mesma. Minha pergunta seguinte foi: desde quando? Novamente se acendem na minha face as brasas do rubor ao revelar a Vossa Senhoria que o bicho estava aqui debaixo do meu nariz havia um mês! "Como!?!" Cheguei a esganiçar em desespero de causa. Isto aqui é um cubículo! Quer dizer, exagero um pouco. Mas é impossível que eu tenha convivido um mês com um urubu sem notar a sua presença. Mas eles fizeram a coisa de tal modo, revezaram-se tão bem no cuidado ao bicho, organizaram minuciosamente uma pequena área, embaixo do vão perto da porta de entrada, cronometraram meus pequenos hábitos (e sou cheio deles e pontual em minhas manias!) que conseguiram conviver esse tempo todo com a ave de estimação do Cícero, o Xô, e mais tempo passariam se por um pequeno descuido (e sempre haverá um descuido, mesmo no mais meticuloso dos planos) a ave não tivesse atravessado o limiar da minha percepção durante a redação de um memorando. Olhei para Valdir com uma decepcionada expressão de "até tu", com que todo pai fitou alguma vez o seu rebento. Mas como tudo tem sempre um lado bom, descobri com o episódio que, se dirijo uma verdadeira quadrilha, também é fato que eles podem ser uma equipe muito bem organizada. O caso do urubu ainda não terminou, e estou analisando a melhor maneira de resolver a situação. Uma vez definida a questão, comunicarei sem falta. Desculpe por tudo isso.

MEMORANDO 001003

Caro Senhor,

Recorro, uma vez mais, à vossa sabedoria. O que fazer? Quando perguntei por que ninguém me disse nada sobre o urubu, o Bigode atacou: *"Porque o senhor não deixaria!"*. Não respondi. Mesmo porque ele estava certo. Então dona Janice perguntou o que eu iria fazer com o bicho, já começando a ficar com o nariz avermelhado. Todos me olharam ao mesmo tempo. E eu disse o que tinha que dizer: *"Meus queridos, não podemos ficar com o urubu!"*. O que eles queriam que eu dissesse? Vi a cabeça do Cícero abaixar e senti uma facada no coração. Novamente as ondas de ódio começaram a fluir na minha direção. (Lembrei-me de um filme que vi no vídeo em que uns alienígenas atacavam humanos com ondas mentais.) Armei uma couraça. Fiz um discurso apaixonado em defesa do bom senso. Estávamos tentando dar um sentido para a nossa repartição, torná-la mais moderna, íamos entrar na Internet! Como, diga Vossa Senhoria, poderíamos criar um urubu?!? Fosse um gatinho abandonado, um vira-lata pequeno, um periquito, um canarinho numa gaiola... mas um urubu!!! Não dá! Extrapola qualquer medida de boa vontade! É exigir demais de mim. E não é só pelo tamanho... é pela qualidade do bicho. Vai... Que fosse uma águia, um condor, um falcão, um símbolo de pujança... mas um urubu!!! Então começou tudo de novo. Aquele silêncio rancoroso, olhares furtivos, comentários abafados — gelo na repartição, jantar frio e cerveja quente em casa. E eis-me uma vez mais no olho do furacão. O que devo fazer? Como agir? Aguardo um sinal.

MEMORANDO 001004

Caro Senhor,

Obrigado, muito obrigado. Senti brotar em mim a resposta. E senti que ela surgia quando, verificando nosso banco de dados sobre assuntos relacionados, notei que ele ainda estava muito incipiente, muito fraco. Talvez com a nossa entrada na Internet nosso fluxo de informações aumente. Mas ainda não estamos preparados para o público interno, que é a nossa função. E quando advogados, juristas, juízes, secretárias vierem até aqui, ansiosos para encontrar as relações de causa e efeito entre um assunto e outro? Vai chover gente! Resolvi naquele momento pensar numa data para uma reabertura da Serviços Interinos. O que Vossa Senhoria acha? Não gostaria de passar uma imagem desorganizada. Nesse momento senti alguma coisa roçando minha perna e vi que era o Xô. Pensei melhor e resolvi que, talvez, o bicho possa ficar por aqui enquanto a gente não abre para o público. Por que não? Isso daria um tempo de reflexão para o Cícero resolver o que fazer com seu pássaro. Comuniquei a minha intenção e uma onda de euforia extravasou-se pelo ambiente. Houve de tudo: desde choro comovido até sapateado espanhol. E eu fui tratado como alguém desaparecido que retorna para a humanidade. Graças ao vosso sapiente silêncio. Ah! Antes que me esqueça: tem absoluta certeza de que não está escutando uma vaca mugir, neste preciso momento? Será que estou com algum ruído no ouvido? Sei lá! Depois do urubu não me espantaria nem um pouco de encontrar um bovino no elevador. É só.

MEMORANDO 001005

Caro Senhor,

Estamos na Internet! O danado do Bigode é bom mesmo. Não sei como ele faz, que rolos que ele apronta, mas foi trazendo aos poucos peças de micros velhos, usados, e foi criando uma máquina poderosa, com grande performance, que ele mesmo batizou de Frank, por causa do Frankenstein, pois ele foi juntando peça daqui, peça dali. O Bigode disse que esse procedimento pode causar às vezes um "conflito de hardware" (acho que estou mesmo ficando velho), fazendo com que o Frank dê pau vez ou outra. Mas quem tem o Bigode por perto, nessa coisa de micro, tem tudo! Dá até pra aceitar aquelas camisetas e aquele tênis horroroso dele. Eu mesmo naveguei um pouco e achei fabuloso. Esse negócio de link é que é batuta. A gente pode linkar tudo com tudo. Cai como uma luva para mim que sou Gerente de Assuntos Relacionados. Vamos fazer um banco de dados tal que uma pessoa vai poder relacionar os fatos mais distantes uns dos outros!!! Como eu havia dito para Vossa Senhoria, a Serviços Interinos vai ser a repartição mais usada, vamos ser um tijolo importante neste edifício forense. Bem, só para que Vossa Senhoria fique cônscio, estamos agora com o Frank, mais o micro da dona Janice, que foi melhorado em sua performance e já trabalha em sistema Linux. O Gringo fez uma bancada para o Frank que é um primor. Enfim, tudo está indo de vento em popa. Apenas o Cabeça não tem muito o que fazer, sendo um porteiro de porta fechada (por enquanto), e o Cícero também, como não tem papéis a buscar ou entregar, fica cuidando do Xô (por incrível que pareça, a tal da ave transmite mesmo uma certa simpatia). Vejo com satisfação que Valdir, meu filho, já está conosco há bastante tempo, ele que jamais ficou mais de quinze dias num trabalho. Voltarei quando tiver mais notícias.

MEMORANDO 001006

Caro Senhor,

Estou tão contente com o andamento das coisas aqui na Serviços Interinos que preciso extravasar. Jamais pensei que pudesse dar conta do recado! Eu que nem sei como cheguei a ser um gerente, que queria apenas trabalhar no Almoxarifado, acabei por encontrar um trabalho onde posso dar vazão a todo o meu potencial, a meu gosto pela leitura diversificada. Em breve uma pessoa poderá vir até aqui para inquirir sobre a relação entre um determinado poente e um crime (por exemplo) e nossos computadores fornecerão todas as possibilidades de seqüência entre um evento e outro. Mas o que importa é que tudo isso não teria acontecido sem a conduta exemplar, consistente, que Vossa Senhoria mantém comigo, jamais respondendo a um memorando sequer. Às vezes me apanho fantasiando sua imagem, vejo-o mesmo... sentado em sua escrivaninha de mogno, cercado de vetusta literatura, sereno e sólido em seu conhecimento das coisas, sorrindo levemente ao ler mais um dos meus memorandos, balançando a cabeça ironicamente ao flagrar minhas fraquezas gramaticais, sempre com bonomia, ponderando se deve ou não responder a determinado memorando, resolvendo por fim deixar que o caminho se insinue pelo meu próprio esforço, mas sempre atento ao meu trabalho que só existe para o bem da nossa repartição. Às vezes, Vossa Senhoria me surge grisalho, outras (sem querer ofender), careca. Mas a essência é sempre a mesma e sempre generosa! Até outra hora!

MEMORANDO 001007

Caro Senhor,

Que raiva! Mais que raiva... ódio! Iria além, chegaria mesmo ao nojo, que é o que me causa esse tipo de gente! Não! Não estou falando do nosso pessoal! Falo dos políticos! Explico: quando tudo estava caminhando dentro da mais perfeita normalidade, surgem essas eleições municipais e o quadro de funcionários enlouquece! Todos parecem (desculpe a expressão chã) cadelas no cio! Está uma correria desenfreada para procurar partidos. Tentei frear o movimento, mas me senti como uma rocha tentando evitar o avanço das águas: fui contornado por todos os lados, nem conseguiram se justificar, simplesmente desapareceram, sumiram! Num piscar de olhos me vi pregando no deserto (pois o único que ficou, o Cabeça, só escuta mesmo o seu radinho, e nem disso tenho absoluta certeza!). O Gringo está armando palanques adoidado, o Bigode trabalha de fiscal em dois partidos opostos, usando disfarce, e levou meu filho junto. Cícero é um faz-tudo eleitoreiro, desde faxina de comitê até boca-de-urna, e a dona Janice, agora que aprendeu a usar o processador de textos, está fazendo mala direta para um candidato lá no comitê do sem-vergonha. Ficamos aqui, isolados, eu, o Cabeça e Xô. Sei que muitos deles conseguiram suas colocações graças a essa atividade. Ficam enlouquecidos para ganhar uma grana a mais no fim do ano. Assim, prossigo solitário na repartição, datilografando eu mesmo os memorandos (gostava de escrevê-los à mão, mas depois que comecei a digitar no teclado minha letra nunca mais foi a mesma!); dando seqüência ao trabalho de relacionar todas as coisas, aumentando aos poucos nosso banco de dados; familiarizando-me com a formidanda Web. E alimentando um urubu. Penso cá comigo: será que não fui enérgico o suficiente? O duro é que isso vai se arrastar por alguns meses e vai atrasar nossa reinauguração. Bem... um comandante tem que saber tocar o barco devagar quando necessário. Não estranhe, pois, a escassez de memorandos. Tudo está parado por aqui e vai prosseguir assim por um bom tempo. O fato de eu escrever menos não significa que não pense constantemente em Vossa Senhoria, principalmente nos momentos de dúvida, quando cogito: o que faria Vossa Senhoria em meu lugar? De modo que escassearão os memorandos, mas não o trabalho. Este prossegue intenso. Pelo menos de minha parte. Até mais.

MEMORANDO 001008

Caro Senhor,

Escrevo apenas para matar as saudades de redigir um memorando, atividade que paralisei há exatos quinze dias. E o panorama aqui ainda não mudou. Odeio políticos. Sei que o ódio é um sentimento negativo, mas não posso evitar. Sempre tive essa coisa. Veja só: a cidade está um lixo. Não se consegue olhar para um pedaço de muro sem ver estampado um sorriso bestial. E levaram toda a minha equipe! Acho muita histeria esse negócio todo. Será que não dava para a coisa toda ser mais calma? No fim das contas fica tudo como está mesmo! A tarde já vai pela metade e eu estou com os olhos ardendo por causa do monitor. O Xô não sai do meu lado. Deve estar com fome, o pobre. Ao fundo, uma música que vem do radinho do Cabeça. (Ontem voltei a ouvir mugidos...) Fico horas navegando. Não tenho nada para dizer neste memorando, como Vossa Senhoria já deve ter notado, aliás, perspicaz que é. Mas como já faz quinze dias que não redijo um, resolvi escrever só para dar um alô! Vossa Senhoria não concorda comigo em relação a essa demagogia toda? Sabe o que me irrita também? É quando eles vêm arrotando as obras que fizeram nas suas gestões! E queriam o quê? Eles adoram falar coisas do tipo: *"Sabe quem fez aquelas estradas todas? Fui eu, no meu governo!"*. Seria engraçado se um padeiro falasse o mesmo: *"Eu que fiz aqueles pães todos enquanto estava trabalhando!"*. Vossa Senhoria entende o meu ponto? O que eu quero dizer é: o cara não fez a estrada com o dinheiro dele. Foi com o nosso! E ele foi eleito porque prometeu fazer a tal estrada com a nossa bufunfa. E quando ele faz a estrada parece que ele fez alguma coisa a mais do que tinha prometido, parece que tirou do bolso dele, quando não fez mais do que a sua obrigação! Ele tinha que fazer aquela estrada, como um carteiro tem que entregar cartas, como um pedreiro tem que levantar um muro, não concorda Vossa Senhoria? E ficam lá quatro anos naquele zunzunzum, naquele diz-que-diz-que, naquela cochichação. Metade do tempo gastam pensando em se eleger de novo. Outros vão se banqueteando na maior corrupção, que a gente sabe muito bem o que rola naquele ambiente. Claro, Vossa Senhoria, ponderado que é, deve contra-argumentar que existem exceções. Que existem, existem, mas são apenas isso: exceções. Pode Vossa Senhoria me explicar de onde vem tanto dinheiro para essa farra eleitoral? Como conseguem? E depois que entram no governo não conseguem mais dinheiro para nada. Eu não entendo. O Bigode esteve aqui hoje, de terno e gravata. Sem tênis! Quase caí da cadeira. *"Parece até gente!"*, gritei. Depois fomos no Juarez. Ele começou a me contar umas e outras que sabe sobre gente da política por causa de seu trabalho de hacker, e eu quase nem consegui comer o meu rissole. É de embrulhar o estômago! As coisas que rolam, as falcatruas, dinheiro a rodo. Sei que isso deve enojar Vossa Senhoria, que trabalha para a nobre causa do Direito. Cheguei mesmo a duvidar de algumas coisas que o Bigode contou. Não é possível que cheguem a tamanho descaramento. Mas o que podemos fazer senão a nossa parte, concorda comigo? Afrontamos o lodaçal com nosso precário rodo e seguimos em frente. Sabe o que dá mais ódio? É aquele troço da aposentadoria. Todo mundo se rala a vida toda e no final é aquela coisa pífia. E os políticos trabalham aí um par de anos e se valem de regalias para a vida toda. Isso faz ferver o sangue. É bom nem pensar. Desculpe este memorando desaforado, mas tem coisas que me tiram do sério! Bem, deixa eu dar o leitinho para o Xô. Até mais.

MEMORANDO 001009

Caro Senhor,

Enquanto tudo não se normaliza (faltam apenas três dias para as eleições) volto a redigir algumas linhas. Já falei para Vossa Senhoria sobre minha esposa? É uma mulher pequena e valente. Excelente companheira. Muito quieta. Não é de discutir, possui uma raiva silenciosa e é bom não brigar com ela. Mas de modo geral está de bom humor. Atende por Ninha, que vem de Adrianinha, como era conhecida na infância. Com o tempo desapareceu o Adriana e ficou o diminutivo, que lhe cai bem. Ótima pessoa, mas uma mãe muito apegada, e não é à toa que o Valdir vive na moleza. Tudo o que ele quer, ela apóia. Acho que isso não é muito bom, concorda? Mas não posso reclamar! E depois, quem não tem os seus poréns? Só pelo fato de me suportar por tantos anos... e sei que sou uma pessoa um tanto enfadonha. Ela tem aquela sabedoria que nasce com as mulheres e que, a meu ver, na hora H é sempre mais prática que romântica, o que Vossa Senhoria pensa disso? Ela sabe que alguém tem que ser eu. Está sempre do lado do filho contra mim, mas sabe que eu preciso ser do jeito que sou. É uma espécie de equilíbrio.

Falo sempre de Vossa Senhoria para ela e ela disse para lhe mandar lembranças. Estão mandadas. Se um dia seu pneu furar na Casa Verde, o senhor já sabe onde tomar uma água! Até.

MEMORANDO 001010

Caro Senhor,

Foi Vossa Senhoria? Por favor, me diga que não, me diga que não foi Vossa Senhoria que esteve aqui na Serviços Interinos, por favor. Se foi, mil perdões. Se não foi, explico: a coisa aqui continua em grande calmaria. Não que eu não tenha trabalhado, pelo contrário. Nosso banco de dados está ocupando cada vez mais espaço no disco rígido (aliás, preciso pedir para o Bigode conseguir um maior). Mas tem horas em que a solidão é fogo. O Cabeça não é de muita conversa, tudo o que a gente fala para ele, ele concorda. Não puxa assunto. E fica aliviado quando eu saio de perto e ele pode voltar a ouvir o seu radinho e fumar seu cigarro, com lentas baforadas. (Às vezes tenho a sensação de que aquele radinho é uma espécie de agente hipnótico, que faz com que ele consiga dormir de olhos abertos.) O Xô, que andou sentindo a falta do dono, apegou-se a mim. Não sai do meu pé! Hoje eu fui almoçar no Juarez e resolvi comer uma feijoada. Voltei com o estômago cheio e as pernas pesadas, o corpo formigando. Sentei aqui na escrivaninha e bateu aquela "nhaca". Tentei ler um livro que comprei no Sebo Luís, um *Glossário de termos técnicos de Engenharia*, e quando vi, dei com a testa na escrivaninha. Tentei abrir bem os olhos, mas eles estavam cheios de areia. Fui até o corredor e tomei um cafezinho, mas não adiantou nada. Na escrivaninha minha cabeça rodava, cambaleava, até que encostei contra a poltrona e veio descendo aquele soninho irresistível. Então embarquei nos braços do Morfeu! Aí teve uma hora em que eu abri um pouco os olhos e tinha alguém me espiando. Era um homem, lembro por causa do terno cinzento. Minhas pálpebras voltaram a cerrar, mas um alerta vermelho dentro de mim disparou e arregalei os olhos. Só deu para ver que a pessoa estava saindo. Não sei por qual razão imaginei que podia ser Vossa Senhoria. Levantei de um salto, mas o Xô estava no caminho e levei um tombo que só não foi ridículo porque não tinha ninguém olhando. Disparei até a porta e daí ao corredor e só pude ver as portas do elevador ocultando um pedaço do terno cinzento. Virei-me para o Cabeça e gritei: "*Quem era?*". Mas o pobre homem, de alerta só tinha o braço que segurava o radinho, o resto do corpo dormia profundamente, o cigarro ligado ao beiço unicamente pela cola da saliva. Voltei desnorteado. Fui até o banheirinho e — lástima! — meu rosto estava todo amassado, o cabelo em desalinho. O pior de tudo era a babinha que escorria do canto da boca até o queixo. Diga que não foi Vossa Senhoria que esteve aqui! Ficaria muito deprimido se Vossa Senhoria guardasse uma impressão tão desleixada do nosso primeiro encontro. E se não foi, agora sabe o que aconteceu. Assim mesmo me desculpo. Não vai acontecer de novo. Vossa Senhoria, conhecendo esse senhor que veio até aqui, ou ouvindo alguém comentar sobre a minha soneca, por favor, dê o devido desconto! Eu não sou de dormir em serviço. E avise que o urubu logo vai embora. Obrigado. Desculpe uma vez mais.

MEMORANDO 001011

Caro Senhor,

Afinal! Temos um novo governo! Novas promessas! E tudo vai voltando ao normal, graças a Deus! Os garis vão limpando a cidade emporcalhada, jogando todos aqueles sorrisos no lixo, que é um bom destino para tanta hipocrisia. E o melhor: a turma vai retornando! Cabeça sorri com a chegada dos velhos conhecidos! Gringo veio como sempre mal-humorado, com cara de poucos amigos e um dente a menos, perdido numa batalha entre cabos eleitorais. Bigode retorna com suas horríveis camisetas de caveiras tocando guitarra. (Meu filho, influenciado pelo amigo, aderiu ao rock pesado.) Também trouxe um pente de memória para acelerar o Frank. Cícero voltou com o resultado de seus ganhos nas eleições: uma gaiola com hamsters. Nem olha para o Xô! E dona Janice... Dona Janice!!! Voltou com uns seis quilos a mais. Pisou na jaca. Fez uma entrada triunfal e — claro — chorou ao nos ver. Um choro que parecia dizer: "*Viram como eu estou gorda e horrorosa?*". Mas, enfim, chegaram exaustos, ganharam seus trocados, venderam um pouco da alma e agora querem sossego. Ah! Não sabem o que os espera, pois pretendo colocar a Serviços Interinos para funcionar o mais tardar depois do Ano-Novo! E isso é uma promessa!

MEMORANDO 001012

Caro Senhor,

A Serviços Interinos está a todo vapor! Estamos parecendo agora aquelas repartições agitadas, cheias de energia. Nosso banco de dados infla a cada dia. As relações mais inesperadas são flagradas, digitadas e gravadas em disquetes. Só estou preocupado com dona Janice e seus quilos a mais. Ela entrou num processo que vou lhe contar... não sei o que fazer! Não que antes ela não fosse um pouco assim, sempre às voltas com dietas da moda, essas coisas de revista feminina. Mas agora, não sei... Ela chega todos os dias nervosa, com dores de cabeça, em jejum. Chegou a desmaiar outro dia. Ao mesmo tempo que quer emagrecer rapidamente, não consegue controlar sua natureza voraz. Outro dia, entrei inesperadamente no escritório e a flagrei quase de quatro, tentando comer escondida, meio embaixo da mesa, uma bomba de chocolate. A cena foi grotesca: ela mastigando a bomba e chorando ao mesmo tempo. "A *quem a senhora pensa que está enganando?*", fiz a clássica pergunta, mais porque senti que ela precisava ouvir isso. E ela abanava a cabeça em sinal de afirmação, deixando grossas lágrimas rolarem sobre a bomba, não parando, entretanto, de mastigar o doce. Ela sempre teve os nervos desequilibrados, mas não como agora. Alguma coisa deve ter acontecido. Nesses últimos dias constatei também, amargamente, que a ingratidão é o outro nome do coração do homem. Da mulher também, claro. Do ser humano, enfim, em todas as suas nuanças e gradações. Eis que o Cícero, agora apaixonado por seus hamsters, veio pedir para dar um jeito no Xô, com medo de que ele queira almoçar seus ratos. E ninguém parece dar mais muita bola para o urubu. Tudo fogo de palha. Acontece que durante aqueles meses de campanha o Xô me fez companhia e eu me habituei a ele. E ninguém mexe no urubu! O Cícero que vigie seus hamsters! Eu, por mim, nem deixava eles ficarem por aqui. Me irrita aquele bicho que fica correndo o dia todo numa rodinha! Que espécie de rato mais obsessivo é aquele? Depois, já temos um urubu! Só deixei porque fiquei tão feliz quando revi o pessoal, depois dos longos meses de campanha, que não queria tomar uma atitude antipática. Creio ter agido bem, não concorda? Até.

MEMORANDO 001013

Caro Senhor,

Políticos! Odeio políticos! Agora vem o novo Prefeito fazendo alarde, prometendo que vai enxugar a máquina pública. Moralidade administrativa! Já alardeou que deixaram o caixa a zero e que, portanto, não vai poder fazer de cara tudo o que prometeu na campanha. Então por que prometeu? Não sabia? Claro que sabia. Sempre o que sai faz a limpa, se não deixa no vermelho, só para que o que entra, quando não é do mesmo partido, se estrepe. Estou mentindo? O que me dá raiva é que é uma gente sem talento para nada a não ser governar em causa própria, se é que Vossa Senhoria me entende. Enxugar a máquina! Por que não fazem isso desaparecendo do mapa, indo para onde Judas perdeu as botas?! Gente safada! É gentinha! E saem todo dia na primeira página, falando, rindo, é o assunto principal do dia: política! Tem gente que fala dos servidores... mas eu olho aqui em volta: esse Fórum vive formigando... todo mundo trabalha muito, ganha-se pouco! E os políticos: sempre nos almoços, nos jantares, oitenta por cento do trabalho deles é fazer política, é se arrumar na vida. E a aposentadoria deles? (Já falei nisso?) Vossa Senhoria há de me desculpar, porque esse assunto me ferve o sangue. Eu vivi honestamente. Dei duro. Fugi de cachorro. E o que me espera? E agora que a sorte me sorri, fazendo cair do céu essa gerência que nem nos meus melhores sonhos eu esperava, vem essa conversa de corte! Dona Janice disse que podem muito bem cortar a gente. Que nós não somos produtivos! "*Como?*", gritei para a mulher, que já começou a fungar por conta! Claro que somos produtivos! Estamos fazendo o levantamento de todas as relações possíveis e imagináveis e não somos produtivos?! O pior é que ela me deixou com a pulga atrás da orelha! Será que pode acontecer alguma coisa com a Serviços Interinos? Seria uma facada no coração, se isso ocorresse. Estou tão entusiasmado! Venho pedir a Vossa Senhoria que interceda firmemente pela nossa repartição. Enfrente a canalha! Nossa esperança está em vossas mãos! Eu suplico... não nos abandone!

MEMORANDO 001014

Caro Senhor,

Escrevi este memorando na mesa da cozinha da minha casa, às três horas da manhã, num guardanapo de papel, com uma caneta esferográfica. Sei que não é o local adequado para escrever um memorando, mas bateu uma insônia brava. Essa cisma de que vão enxugar tudo e acabar com a Serviços Interinos não sai da minha cabeça. Os jornais não param de falar do tal enxugamento. Como eu gostaria que a Serviços Interinos fosse como todos os outros setores deste Fórum imenso: cheia de atividade. É claro que trabalhamos muito, mas as pessoas não sabem! Sabe qual é o meu receio, Vossa Senhoria? É que sejamos confundidos com certos setores improdutivos. Falo isso porque nosso quadro de funcionários tem a peculiaridade, até simpática, de ser assim, como dizer... um tanto informal. Outro dia eu entrei no escritório depois do almoço e peguei o Bigode e o Valdir jogando botão, num campinho que o Gringo fez, com um resto de compensado que sobrou das eleições. Tinha até travinha com rede. Subi nos tamancos, soltei o verbo. Já pensou, Vossa Senhoria, se em vez da minha pessoa fosse outro a adentrar nosso escritório? Que idéia teria da Serviços Interinos? Eu disse isso para eles, perguntei se eles não tinham medo de perder o que tinham. O Bigode deu um sorriso irônico, como se não acreditasse nessa possibilidade. Assim é a juventude! Acham que as coisas vão durar para sempre. Mas nós, que já perdemos a ilusão, sabemos que a vida não é assim. Novamente os narizes torcidos, os olhares de esguelha. Guardaram o campinho me olhando torto, os ingratos. Eu estava pensando no futuro deles. Atirar nossa reputação no lixo por um jogo de botão! Ainda por cima jogam com botões industrializados, de plástico. Não como aqueles acetatos que eu conseguia na relojoaria quando pequeno... aquilo sim dava jogador que prestava, o Senhor não concorda comigo? Seria tão bom ouvir uma palavra tranqüilizadora a esse respeito. Bem... mas eu conheço vosso método e o respeito muitíssimo, haja vista os progressos cristalinos da nossa repartição. Penso no que conseguimos e no que ainda iremos conseguir! Não! Não podemos perder isso! Malditos políticos, que decidem a nossa vida como bem entendem! Não vamos permitir! Oferecerei resistência! É tudo o que prometo! Bem, Ninha me reclama... Amanhã cedo dona Janice datilografará estas linhas insones. Boa noite.

MEMORANDO 001015

Caro Senhor,

Vinha eu pela Marginal hoje cedo no meu velho Opala (meu mecânico não acredita que ainda tenho um), testemunhando o dinamismo desta nossa cidade. Por todo lado era gente indo e vindo, uma trepidação, uma eletricidade, uma vontade de fazer coisas. E todos, Vossa Senhoria há de concordar, lutando por uma vida melhor, que é o que nos dá fibra. Me senti como uma célula percorrendo o sistema sanguíneo (bem, não sei se células percorrem o sistema sanguíneo, pois não terminei o *Atlas do corpo humano*, que comprei no Sebo Luís, mas é apenas um exemplo, se é que Vossa Senhoria me entende), enfim, lá estava eu atravessando as principais artérias da cidade, todas entupidas de carros, os ônibus desovando gente, a multidão ganhando as ruas! E eu fazendo parte disso tudo! E quando chego ao Fórum, a mesma coisa: elevadores cheios, todas as salas cheias, os corredores, tudo fervilhando de atividade! Atividade... que linda palavra, Vossa Senhoria não acha?! Vida é atividade! Sem atividade nada se produz, nada se faz! Me senti orgulhoso de ser uma pequena peça contribuindo para esta nobre instituição. Apenas isso... fazendo parte, sendo um tijolo útil da construção. E quando chego aqui, na Serviços Interinos, o que encontro? Novamente o campo de botão! Agora o Gringo jogava com Cícero. É um campeonato. Eles fizeram — Vossa Senhoria há de assombrar-se, não tenho a menor dúvida — até tabela com turno e returno! É que eu disse ontem que vinha mais tarde por causa de um exame médico, mas fui atendido logo. E cheguei irritado, porque nunca tinha feito o tal do toque retal, que é um exame que, entre outras coisas, fere o nosso brio. Aí peguei todos com a boca na botija. Empalideci. Avermelhei. Fiquei roxo de vergonha. Verde de raiva. Fui, enfim, tingido por todo tipo de cromatismo bilioso! Não era só o jogo, era o jeito deles! Até a dona Janice ria das brincadeiras. O que eu vos pergunto é: a partir de que ponto eles desistiram, pode Vossa Senhoria me responder? A partir de que linha demarcatória perdem os homens a sua fibra, a sua determinação, a força de vontade? Qual é o momento em que alguém relaxa e diz: *"Seja o que Deus quiser!"*, e a pessoa começa a desejar que o mundo acabe em barranco? Sinto que não consigo transmitir a eles a mesma energia que Vossa Senhoria me transmite. Será pelo fato de eu estar presente, quer dizer, fisicamente? Não possuo, eu sei, a vossa sabedoria, vossa sutileza de nada dizer em resposta de alguma coisa e mesmo assim fazer sentir vossa presença. Qual... Tudo o que fiz foi mandar jogarem fora aquele campo e virar as costas. Nesse momento senti um sussurro atrás de mim. Era a voz do Bigode: *"Parece que não teve infância!"*. Virei-me tomado de ira. *Eu* não tive infância? *Eu?!?* Corri descalço em campo de terra batida. Mergulhei em riachos. Rodei pião. Empinei papagaio. Joguei bola em campinho!! E vocês (disse, me dirigindo mais ao Bigode), vocês o que fizeram? Dissiparam a infância em videogame, em computador e televisão! Pobres de vocês! Miseráveis de vocês! *Eu* não tive infância? Veja

Vossa Senhoria o que acontece quando o menos experiente quer julgar o mais experiente! Então o que fiz? O que mais poderia eu fazer, Vossa Senhoria me diga? Qual a única coisa que me restava fazer? Mandei colocar o campo de botão e chamei o Bigode para um confronto! Houve um zunzum no escritório e até o Cabeça se aproximou com seus passinhos curtos. Marcamos o tempo de vinte minutos para a partida. Como fazia muito tempo que eu não jogava, até me acostumar novamente o Bigode já tinha metido três gols. Na hora em que eu estava pegando o jeito, o tempo terminou e ouvi uns risinhos abafados percorrerem o ambiente de trabalho. Percebi a desmoralização refletida no olhar de todos e num impulso pedi revanche. Já tive um pit-bull no meu calcanhar, não é um fedelho metido a besta que vai rebaixar minha autoridade. Dito e feito. Ganhei a segunda. Suada. Três a dois. Os outros passaram a bater palmas e gritar: "*Negra! Negra! Negra!*". Achei justo. E me saí novamente vitorioso, agora com facilidade. Cinco a um. O Cabeça sorria de satisfação a cada gol! Dona Janice se bandeou para o meu lado. Daí fui desafiando um por um: Cícero, Valdir, Gringo. Só não joguei com dona Janice, que não é chegada, e com o Cabeça, que só sabe jogar palitinho. Fiz uma fileira. Ganhei todas. E olha que não estava com meu velho time de acetato de relógio. Para encerrar este memorando que já vai longe, no fim, quando perguntaram o que fazer com o campinho, mandei colocarem atrás da mesa da dona Janice. Esse negócio de vencer faz a gente ficar generoso para caramba. E depois, pensando melhor, um pouco de lazer para o quadro de funcionários faz parte das concepções mais modernas e dinâmicas do gerenciamento de recursos humanos, desde que seja feito num horário apropriado, é claro. E com isso encerro.

MEMORANDO 001016

Caro Senhor,

Nossa querida dona Janice melhorou bem esta semana. Entrou para o Vigilantes do Peso e veio eufórica da primeira reunião. Trouxe uma balancinha. Agora pesa tudo o que come. E eu também estou cheio de novidades. Como começar? Bem... sábado passado fui a um cinema com a Ninha e depois fomos até uma lanchonete comer um sanduíche. Notei que neste lugar têm o costume de prestigiar o funcionário mais esforçado elegendo-o "*Funcionário do mês*" e pendurando seu retrato em lugar visível. Resolvi fazer a mesma coisa aqui na Serviços Interinos. Ando meio chateado com a falta de disciplina do pessoal no quesito entradas e saídas. Pensei: vai ver está faltando algum estímulo. Não tive dúvidas, tirei uma foto do Cabeça com a minha portátil e mandei ampliar, depois coloquei uma moldura (tudo com dinheiro meu) e pedi para o Gringo pendurar no escritório. Na verdade, a foto não ficou aquela coisa. Primeiro porque o meu flash deixou o olho do negrão vermelho, depois porque o seu Élito, apesar de ser a pessoa mais sorridente do mundo, é daqueles que quando vê máquina fotográfica fica sério e, além disso, não consegue encarar a objetiva, deixando o rosto meio assim de lado. Ele saiu com uma cara espantada. Parecia mais alguém flagrado em delito do que um homenageado. Mas o que fazer? O que importa é a intenção. Embaixo escrevi: "*Funcionário do mês de novembro*" num pedaço de cartolina com caneta hidrocor. Mexeu com todo mundo. O pessoal todo veio ver, e depois foram dar tapinhas nas costas do Cabeça, que acabou gostando da história e várias vezes ao dia vem olhar abismado seu retrato na parede. Aí vira as costas, rindo, meneando a cabeça, e volta todo pimpão para sua cadeira na porta de entrada. Só a dona Janice ficou um pouco enciumada. E lhe dou razão. Afinal, ela tem sido tão freqüente quanto o Cabeça. Além disso é metida a ser mãezona de todo mundo, principalmente do Bigode, a quem protege sempre. Depois do almoço (ela comeu só uma salada e uma maçã), dona Janice veio até minha mesa, meio amuada, querendo saber que critérios eu tinha utilizado para escolher o funcionário do mês. Eu disse que o seu Élito chegava todo dia antes de todo mundo e quando eu saía ele ainda estava na porta. Ela então respondeu: *"Claro! Ele dorme aqui!"*. Foi a coisa mais estupefaciente que ela poderia ter dito. Eu nem sabia o que dizer. Gaguejei. Corei. Mas consegui, afinal, tomar na unha o controle das emoções e perguntei como quem acha tudo normal: *"Desde quando?"*. *"Ah! Faz um mês! Os filhos deixaram o pobre na mão!"*, ela respondeu, revoltada. Depois começou a contar que à noite ele armava um colchonete e ficavam ele e o radinho. Por isso que ele gostou tanto do Xô. Bom, agora tem também os hamsters. Fiquei passado. E um pouco revoltado. Cheguei a perguntar a dona Janice se seria possível que ela como secretária me deixasse ciente pelo menos uma vez do que se passava naquele escritório. Digo isso porque ela tem a mania de reter algumas informações. Acho mesmo que faz isso para se sentir importante. E como ela já fez bico de choro, porque é uma manteiga essa senhora, resolvi levá-la até o Juarez para tomar um café e pedir mais detalhes sobre a vida do Cabeça. Acabamos ficando a tarde toda lá. Ela pediu um curto e colocou adoçante. Depois contou que o Cabeça tinha sido pedreiro toda a vida, mas daí teve um problema hospitalar, um erro médico na operação de uma hérnia, não sei bem, o que atrapalhou o seu trabalho. O mais grave é que ele sempre foi um pouco desleixado com papel e acabou dificultando a aposentadoria. Então, como sempre fazia um serviço particular para um juiz, conseguiu uma colocação. Ganha uma ninharia. Ela contou muita coisa mais que não interessa aqui, coisas da família dele, e enquanto contava não resistiu e pediu um pão de queijo, depois outro, acabou mandando vir um *brownie* e já estava de olho gordo em cima de uma mousse de chocolate quando eu resolvi arrastá-la dali antes que ela jogasse sua dieta no lixo. No elevador ela nem falava mais do Cabeça, só recordava a mousse que não tinha comido, de olhos lacrimejando. Quando entramos no escritório, demos com o Cabeça admirando seu retrato. E é tudo por hoje.

MEMORANDO 001017

Caro Senhor,

Estou tão preocupado com essa história de enxugamento que pulei cedo da cama. E como a Marginal estava livre, cheguei muito antes do tempo aqui na repartição. Resolvi bater perna pelo Centro e lembrei-me de dar uma olhada no Edifício Amazonas, que Vossa Senhoria deve conhecer muito bem. E sabe por quê? Conversando com o Cabeça ele me disse que quando era moço trabalhou nele! Fiquei admirando, venerabundo, aquele prédio antigo, um marco arquitetônico. Começou a chuviscar e eu resolvi fazer uma hora no saguão de entrada, admirando aquelas paredes de mármore, os elevadores antigos, o acabamento de madeira nobre. Pensar que há muitos anos isto aqui era um canteiro de obras e o Cabeça, jovial, erguia paredes de tijolos! Saí e olhei para cima. Nem sinal do Cabeça naquele prédio. Nada. Na verdade, nem sei por que estou escrevendo isso. É que me deu vontade de falar sobre o assunto. Fico elocubrando sobre a importância que a gente tem na ordem das coisas. E assim, cismarento, macambúzio e filosófico — como a gente sempre fica com esse tempinho ranheta — resolvi passar no Juarez para tomar um pingado e comer um pão com manteiga na chapa, lendo o jornal do dia. Quando abri o matutino, quase engasguei com o pedaço de pão que estava comendo. Vossa Senhoria também deve ter lido sobre aquele caso do misterioso hacker que conseguiu penetrar no sistema de informática da Câmara Municipal. Resolvi naquele dia mesmo enquadrar o Ebenezer, com medo de que alguém descobrisse e respingasse na Serviços Interinos. Minhas suspeitas aumentaram quando dona Janice disse que o Bigode mandara avisar que ia faltar por alguns dias. Era ele! Só podia ser o malandro, fazendo suas aventuras, invadindo sistemas proibidos. O pior é que a dona Janice protege o Bigode que só Vossa Senhoria vendo. Não se pode tocar no rapaz. Espero que ele saia dessa sem deixar rastro. Já não chega essa história de enxugamento que está tomando conta de todas as administrações da cidade? Fiquei pensando até em mandar exonerar o Ebenezer, Vossa Senhoria fique sabendo, mas não quero ser apressado, mesmo porque, fora essas criancices, ele é de grande utilidade aqui dentro. Volto a escrever a qualquer momento.

MEMORANDO 001018

Caro Senhor,

Às vezes, quando a tarde está meio quieta aqui na Serviços Interinos, gosto de apanhar o elevador, sabe? Fico lá, subindo e descendo. Gosto de me misturar a essa gente toda que trabalha por aqui, que tem coisas bem definidas para fazer. Escrivães, juízes... Fico olhando bem todos. Algum deles será Vossa Senhoria? Também aprecio esses rabos de conversa que mexem com a imaginação. Eu me sinto como fazendo parte desse mundo, porque, para ser sincero, esse trabalho aqui na Serviços Interinos me deixa com uma sensação assim... de deslocamento. E hoje, estava eu lá no elevador, quando veio a conversa sobre o tal assunto da invasão no sistema da Câmara e até arrepiei. Depois a coisa mudou para o problema das denúncias de corrupção do mandato anterior. Aí não resisti. Entrei na conversa, mesmo porque disso eu entendo. No ramo de fiscalização se vê de tudo. E nossa cidade, Vossa Senhoria sabe, está mapeada. Cada zona tem dono e a grana rola solta. Disso todo mundo já tem idéia, porque sai nos jornais. Mas eu sei de alguns detalhes que vivi na pele! E mandei brasa. Foi lindo. Aquela gente toda me olhando com respeito. Até perguntaram onde eu trabalhava e eu disse, orgulhoso: "*Na Serviços Interinos! Sou o Gerente de Assuntos Relacionados*". E alguém falou: "*Onde?*". E por mais que eu tentasse situar, falando da portinha que fica debaixo da escada principal no primeiro andar, ninguém ali tinha ouvido falar no nosso escritório. Escrevo isso porque achei grave. Uma falha de informação está ocorrendo aqui nesta instituição. É necessário fazer alguma coisa para que todos saibam da nossa repartição. Saí do elevador mais decidido do que nunca a trabalhar firme para reinaugurar em grande estilo a Serviços Interinos. E vou fazê-lo! Mas tudo isso me levou a pensar em algo que ouso neste momento lhe propor: seria possível arrumar outro escritório para a Serviços Interinos? Esse negócio de ficar meio socadinho debaixo da escada não ajuda nem um pouco. Quase não dá para ver a nossa porta. Nem seria para agora, mesmo porque estamos ainda fechados provisoriamente. Creio que poderíamos ser mais visíveis ao lado do xerox, pois lá está sempre cheio de gente. É só uma sugestão. Até.

MEMORANDO 001019

Caro Senhor,

Não sei o que pensar do Bigode. Algumas vezes tenho para com ele uma simpatia paternal. Outras, acho suas atitudes abomináveis. Ele não leva nada a sério. Veja o que aconteceu no nosso escritório hoje. O Cabeça apareceu com um senhor que queria falar comigo. Como essa ocorrência é quase nula, ele me apanhou dando comida para o Xô, o que me deixou sobremodo constrangido. (Falha minha: preciso instruir o Cabeça para avisar antes de ir entrando com alguém.) Também me irritou, enquanto eu falava com o homem, aquele som do hamster correndo na rodinha. Mas é bom que tudo isso aconteça nessa fase de testes, pensei. Bem, o tal senhor era uma figura! Tudo nele era de tom escuro, terno, sapato, óculos. Era barbudo e tinha no cabelo esses rolinhos que os judeus ortodoxos usam. Pensei até que era um rabino. Ele disse que se chamava Jacob Gildstein e queria saber tudo o que se relacionava com sua família. Quase trêmulo fui até o computador para usar pela primeira vez o programa que o Bigode arrumara e fui puxando dados. Saiu um documento grande, onde vinha desde uma relação de lojas da José Paulino até a árvore sefirótica da Cabala Hebraica, passando por fugas em Dachau. O homem saiu daqui satisfeitíssimo. Vibrei tanto que até dei um abraço no Gringo! Depois, dona Janice, com ar divertido, disse que o tal judeu era o Bigode disfarçado! Fiquei intensamente furioso, tanto que quase chutei o computador! Que frustração! Me senti o maior sotrancão. Saí correndo para ver se pegava o gozador, mas ele já havia se evaporado no mundo. Mais tarde, com a cabeça fria, até ri um pouco daquela história. Acabou sendo um bom teste, apesar de tudo, Vossa Senhoria há de concordar. Mas me deixou mais desconfiado de que o Bigode está fugindo. O pior é que a dona Janice parece saber de coisas que não me conta. Fica acobertando o Ebenezer! Falou que ele está fazendo um trabalho. Mentira! Meu filho Valdir foi até a casa do Bigode e só encontrou a avó. Ele deve estar dando um tempo, depois do salseiro que aprontou! Administrar gente é muito complicado! Às vezes penso que não sou talhado para o cargo! Paro por aqui.

MEMORANDO 001020

Caro Senhor,

Uma das coisas que a gente aprende quando se tem de gerenciar alguma coisa é: nunca abrir um precedente. Eis que chego hoje e encontro o escritório forrado de gaiolas com passarinhos diversos, todos cantando alegremente. Fiz aquele meu costumeiro teatro de gestos e falas e bocas, mas o Gringo (que foi quem trouxe a passarada), caiu matando: "*Por que o Cícero pode trazer urubu, hamster e tudo?*". Fiquei sem fala. O Xavier mesmo propôs: ou vai tudo embora ou eu quero meus passarinhos aqui! E ele estava certo. O negócio era acabar de uma vez com aquela bicharada que nem fica bem numa repartição. Mas quando olhei para o Xô, não sei... me deu um aperto. Acabei me apegando ao urubu. Resolvi pelo de sempre: enquanto a Serviços Interinos não abre suas portas não custa nada deixar a bicharada lá! Dona Janice, para me testar, começou a trazer flores! Agora vivemos numa primavera eterna, com azaléias, aves e pequenos roedores convivendo juntos sob uma luz branca. Se conto tudo isso é para que nosso relacionamento continue pautado pela total transparência. Quero apenas dizer que não sou um molenga, meu desejo é tão-somente decidir com sabedoria. Sempre que Vossa Senhoria estiver contra alguma dessas medidas é só dizer. Seu silêncio continua sendo meu aval. E agradeço.

MEMORANDO 001021

Caro Senhor,

Dona Janice está ficando uma sílfide. Tem belos traços. Dá para ver que quando moçoila devia ser bem-apanhada. Gostaria só de saber o porquê desses seus choros. Acho que ela devia fazer um tratamento: chora quando está gorda, chora quando a gente diz que ela emagreceu. Para ela, tanto estar triste como estar alegre é motivo para chorar. Quando ela ri, chora. Quando chora, chora mais ainda porque está chorando. Chora um choro dentro do choro. São camadas sucessivas de choradeira. É uma cascata lacrimosa. Não sei qual é o seu problema de gordura, mas retenção de líquido não deve ser. Digo isso porque hoje ela ameaçou chorar quando eu disse que a gente tinha que pensar numa destinação para aquela bicharada toda, para quando a Serviços Interinos reinaugurar. Ficou com os olhos lacrimejantes quando o Cícero admirou-se da sua forma. E prorrompeu num pranto sentido quando o Bigode apareceu, por fim, na repartição. Parecia até que o rapaz tinha vindo da guerra. Fomos até o Juarez botar a conversa em dia. Meu queixo despencou! Por mais que a gente se julgue experiente, a sordidez sempre impressiona. E o que o Bigode descobriu nessa sua aventura foi... nem sei como adjetivar! Foi... formidoloso! Sim, ele confessou que foi ele mesmo quem fez aquela invasão! O nosso pequeno funcionário causou toda aquela baderna. Sei que Vossa Senhoria é uma pessoa de grande generosidade e há de perdoar, como eu mesmo o fiz, essa infantilidade. Mesmo porque Vossa Senhoria há de ter também ojeriza de toda essa lama que se propaga no mundo da política. Nossa cidade está vendida! Fomos até o Juarez e ele passou a tarde me narrando o que encontrou nas suas investigações. Coisas de fazer murchar a pitanga! De arrepiar a capivara! E essa gente ainda quer "enxugar" o nosso departamento? Como podem? Eles são os cupins da raça, a pustulência da terra. E tenho dito.

MEMORANDO 001022

Caro Senhor,

O ano vai chegando ao fim e gostaria de comunicar a decisão de organizar uma festa de amigo secreto antes do recesso de final de ano. Muitos vão sair de férias também (para meu desespero, pois vou ter que adiar a reabertura da Serviços Interinos para fevereiro). Achei que essa atividade seria interessante para unir mais a equipe. A faixa de preços para os presentes é baixa, para que todos possam participar e o que vale mesmo é a reunião. Pensei até em colocar o vosso nome. Mas dona Janice e o Bigode me convenceram de que é melhor deixar de lado. De fato, me perdoe a pretensão. Sei que por vossa vontade, magnânimo que é, viria. Acontece que nem imagino que compromissos Vossa Senhoria tem aí anotado em sua agenda: juízes, senadores, o próprio presidente. E eu aqui querendo lançá-lo a uma aborrecida festa de amigo secreto! O pior é que eu caí com o Gringo. O que eu posso dar para uma pessoa como ele? Perfumaria? Livros? Gravata? Nada parece rimar com a cara dele. Talvez um conjunto de facas Ginzo. Se não fossem tão caras... Talvez um jogo de churrasco. Só sei que o final do ano vai deixando uma expectativa em todo mundo. Parece que alguma coisa vai acontecer. Mas é só o final do ano! E o começo de outro. E assim vamos. Dona Janice veio me perguntar se eu já tinha escolhido o "*Funcionário do mês*" de dezembro. Tinha me esquecido completamente do assunto e fiquei assim meio sem saber o que fazer. Claro que eu escolheria a própria dona Janice, por merecimento. Acontece que o Cabeça toda hora vem verificar como está a sua fotografia e fica lá, orgulhoso, olhando para ela. Será que ele vai achar que perdeu o ibope? Não queria isso. Tentei colocar o problema para dona Janice, que já tem lá sua idade e achei que tivesse também maturidade. Mas senti que ela ficou na defensiva, com ar de quem queria justiça, simplesmente justiça. E depois, sinto que ela está precisando melhorar sua auto-estima. Talvez com esse negócio todo de emagrecer, seja importante para ela ter um reforço. Bem... Quem mandou eu inventar essa história? Agora vou ter que descascar esse pepino. Ou será abacaxi? Não importa. É só.

MEMORANDO 001023

Caro Senhor,

A festa foi ótima. Dona Janice ficou comovida quando viu sua fotografia como *"Funcionária do mês"*. E o Cabeça também continuou admirado por se ver pendurado na parede. O Gringo gostou do jogo de churrasco. Disse que ia aproveitar nas férias, porque ele e a família vão passar quinze dias em Caraguá, na casa de um primo. Ele trouxe para a festa a esposa (Pilar) e seus seis pequenos demônios. Nunca vi crianças tão exacerbadas em tudo. Ficaram o tempo todo perseguindo o pobre do Xô. Xavier disse que é porque passam o dia fechadas num apartamento pequeno. Não sei de que tamanho é o apartamento deles, mas se as diabinhas acharam que este escritório era grande, eles moram muito mal. A senhora Pilar não é uma mulher de sorrisos. Veio com um vestido discreto, de tom escuro, mas com um decote acentuado. Não pense Vossa Senhoria que fiquei reparando nisso, mas era engraçado porque ela parecia pudica no todo: no jeito silencioso, no porte ereto, no cabelo liso escovado para trás, preso em coque, na bolsinha que segurava num dos braços, enquanto o outro se aferrava ao braço do Gringo como querendo dizer com esse gesto: "*o homem é meu*". E no meio daquela discreteza toda, era de admirar aquele recorte largo enquadrando o seio farto. Parecia que ela estava falando algo como: "*Sou séria, sim, mas olhe só o que eu tenho aqui!*". A festa foi muito agradável. Ganhei um canivete do Cícero. O melhor foi sentir que todos estavam muito contentes juntos. Demos boas risadas, mandamos vir alguns salgadinhos do Juarez e a dona Janice disse que nesses dias de festas ia dar um tempo na dieta porque é doida por panetone. Olhei comovido para o meu grupo de subordinados. Pensar que há um tempo isso nem existia. Agora temos uma equipe! Depois todos se despediram. Meu filho e o Bigode planejaram passar o réveillon no Rio vendo os fogos de Copacabana (acho que os dois não vão crescer nunca!). O Cícero vai passar mesmo lá em Jardim Joara com alguns familiares. Dona Janice disse que vai para Santos pular sete ondinhas, toda de branco. O Cabeça vai ficar por aqui mesmo, tomando conta do Xô, dos hamsters e dos passarinhos do Gringo. E eu vou passar lá em casa, com a Ninha e meu irmão Pináculo, já que Formoso deve estar perdido pelo mundo aprontando alguma. Aproveito para desejar a Vossa Senhoria e sua família um ótimo Natal e um Ano-Novo cheio de grandezas imemoriais.

MEMORANDO 001024

Caro Senhor,

Este é o último memorando do ano. Vim aqui para ver se estava tudo em ordem e também para deixar uns comes e bebes para o Cabeça, porque o teimoso não quis saber de ir passar as festas lá em casa. Ficou aferrado a este lugarzinho dele. Parece mesmo que tudo o que ele quer é o jornal do dia e o radinho. E o cigarrinho, claro. Mas dá uma coisa saber que ele vai ficar aqui neste prédio vazio! Quanto a mim, vou aproveitar esse recesso para continuar minha pesquisa de assuntos relacionados. O Bigode fez um upgrade no computador do Valdir, lá em casa, que agora está "poderoso"! De forma que vou trabalhar lá mesmo, depois meto tudo num disquete e trago no início do ano. Fabulosa, essa coisa de informática, não é? Sei que deveria aproveitar para descansar, mas não estou cansado, e depois quando a gente faz aquilo de que gosta não tem essa coisa de fim de semana, Vossa Senhoria não concorda comigo? E estou feliz porque meio que sem querer acabei entrando para essa gerência que me permite devorar tudo o que encontro no Sebo Luís. Como diz o Bardo: "*Sem prazer, não há proveito*". É que agora estou lendo tudo do Grande Vate, o Shakespeare. E o melhor é que descobri um livro chamado *Contos de Shakespeare*, de Charles e Mary Lamb, Vossa Senhoria já ouviu falar? É muito bom, porque resume todas as peças em forma de pequenos contos. Rápido de ler. E vem a história inteira, bem contadinha, sem a falação toda. Sei que Vossa Senhoria pode achar que desse modo vou perder algumas frases magistrais do fraseador de mão cheia que é o Bardo de Stratford. Para compensar isso, adquiri na banca da rodoviária um outro livrinho sensacional: *Grandes frases de Shakespeare* (Oxford), com a tradução das melhores frases dele, colhidas de todas as peças! E ainda com um breve resumo biográfico. Agora nosso banco de dados vai se enriquecer mais ainda. Bem... Mas este memorando é mais para exprimir minha nostalgia ao pensar neste ano tão importante da minha vida, quando vim a ser Gerente de Assuntos Relacionados! Só uma coisa estraga esse sentimento. Será que depois das festas, quando o novo governo começar a governar mesmo, vai ter aquele tal enxugamento? Será que vão colocar as patas aqui na Serviços

Interinos? Como disse o Bardo: "A *marcha do mal é sem fim quando dela participa o governo*". E o que mais posso acrescentar? Tenha um ótimo fim de ano! Quanto aos políticos, ergo para eles um brinde irlandês que descobri num livreto de máximas: que passem meia hora no paraíso, antes que o diabo saiba que estão mortos! E que venha o próximo ano!

MEMORANDO 001025

Caro Senhor,

Como passou de festas e feriados? Eu estou empanturrado! Comi e bebi feito um porco e já estou de volta. Parece que está tudo em ordem. O Cabeça disse que não apareceu ninguém por aqui, então acho que ainda estamos funcionando. O pessoal só vai chegar a semana que vem. Aproveitei para colocar numa cartolina outra citação do Bardo: "*O mais notório sepulcro de um poder é a cátedra de onde é feito seu próprio panegírico*". Achei uma frase estupenda, mas não entendi muito bem o significado. Para ser absolutamente sincero, não entendi nada. E como meu volume de contos de Shakespeare não tem essa peça, não consigo fazer idéia do que se trata. Mas pelo jeitão da frase, não há dúvida de que é Shakespeare da melhor lavra. Aposto que nem ele entendeu bem o que disse na hora que escreveu, mas deve ter ficado encantado. Deve ter dito: "*Vou deixar assim mesmo que está ótimo!*". Brincadeira... Eu é que, com minha modesta inteligência, não atino com a alta filosofia que está encravada no meio dessas sílabas. A minha sabedoria, se é que posso chamar assim, vem das ruas, da vida, do dia-a-dia. E minha experiência não é pouca. Posso dizer como aquele mexicano, o Lorca: "*Confesso que vivi!*". Ou não foi Lorca? Bem, alguém disse isso, é o que importa no momento. Eu sei que eu tenho aquela semente que, se regada, frutifica. Mas como pode alguma coisa crescer quando somos perseguidos por pit-bulls enfurecidos? Quando temos que lidar com o lodo? Com a corrupção? Com a lama? Não importa que eu não entenda patavinas da frase do Bardo. Vou deixá-la aí na parede, na cartolina. Tenho certeza de que se eu a olhar todo dia, aos poucos vou alcançando a compreensão e um dia ela me parecerá tão óbvia que eu vou até falar: *"Então é isso!"*. Pois de tudo o que há nesta vida a coisa mais bela é o entendimento. E eu não vejo a hora de colocar a Serviços Interinos para funcionar. Já marquei a data para três de fevereiro, que cai numa segunda. Ah... vai ser muito bom ver as pessoas entrando aqui, querendo conhecer as relações mais inusitadas sobre todas as coisas. Nossos links estão cada vez mais amplos. No futuro vamos poder relacionar qualquer coisa a uma coisa qualquer. O tudo ao nada. O oposto ao seu contrário. O avesso com a face. O verso com o inverso. Seremos de grande utilidade e aí eu quero ver se algum politicozinho vai querer "enxugar" a nossa repartição, pois *"um coração sem mácula não treme"*! Até.

MEMORANDO 001026

Caro Senhor,

Essas pancadas de água de janeiro estão destruindo a cidade! Ah! Incúria! Ah! Incompetência! E Vossa Senhoria acompanhou o discurso de posse? Quanta pompa! Quantas palavras bonitas! *"Quando os diabos querem dar corpo aos mais infames crimes, lhes adornam com vestes celestiais."* Desculpe o mau jeito, mas o Bardo é do cacete! E não é? E eis que, no meio do aguaceiro, ressurgem os desaparecidos. Todos com aquela expressão de tédio, como se fossem almas danadas. Já não descansaram? Mas quanto maior o descanso, mais terrível parece o retorno ao trabalho, para essas almas combalidas que em nada mais acreditam, perderam o senso de missão, de objetivo, querem apenas satisfazer suas necessidades mais chãs. "*Que é o homem, se sua máxima ambição e seu maior desejo não passam de comer e dormir?*" Outra cacetada do Poeta. Bem, Gringo ainda está em Caraguá, provavelmente tentando evitar que sua cria se afogue ou destrua a casa do primo e, claro, atendendo aos reclamos da esposa e vai voltar esfalfado. Tanto pior, porque tenho muito serviço para ele. Agora... o mais impressionante foi o retorno de dona Janice. A pobre criatura pisou na jaca novamente. Engordou tudo o que tinha perdido. A primeira impressão é que ela comeu uma ceia de réveillon por dia — e sozinha! Entrou de supetão e antes de cumprimentar qualquer pessoa foi direto até sua fotografia na parede, quando ainda estava mais magra e ficou lá chorando a cintura perdida. Tivemos que consolá-la. Já fui falando dos meus planos e percebi que não foram recebidos com o merecido entusiasmo. O que fazer...? A gerência pode ser sinônimo de solidão, pois enquanto o gerente vê o todo, cada qual vê suas próprias necessidades. Mas já estamos a todo vapor! Só para Vossa Senhoria estar ciente.

MEMORANDO 001027

Caro Senhor,

Ouvi boatos pelos corredores de que o tal enxugamento vai ser para valer e está todo mundo alvoroçado. Preciso agilizar a reinauguração da Serviços Interinos. Mas hoje dona Janice voltou a bater na tecla "bicharada". O que fazer com o nosso pequeno parque temático? Falei que já tinha pensado no assunto e depois comunicaria a decisão, mas não pensei nada. Foi só para não perder o moral. Sei que isso pode parecer lá o seu tanto pueril, mas não tenho a vossa estatura, vosso estofo, que apenas com o silenciar consegue se impor. Eu sei que não tenho um grande carisma pessoal, e muitas vezes minha popularidade cai a níveis alarmantes aqui neste escritório. Para o que serve um chefe senão para granjear ressentimentos e semear rancores? Faz parte. Tento me impor como posso para o bem do nosso ideal que é a glória da Serviços Interinos. Afinal, sou vosso soto-soberano, o que para mim é motivo do maior orgulho. O Poeta, que não perdia seu tempo, já vaticinava: *"Quando abalada uma hierarquia cujos degraus levam aos altos planos, toda a obra está ameaçada!"*. Por isso estou refletindo muito seriamente nas minhas próximas atitudes, levando em conta não só os aspectos profissionais como também os humanos, afinal até um assassino pode ser um excelente profissional, seja da adaga, seja do gatilho, mas um bom homem é arte de diletantismo acurado. E do alto dessas reflexões intrigantes é que eu tento me situar. O fato é que quanto ao urubu, Vossa Senhoria pode me achar exagerado, mas a ave é mansa e cordata. Me cortaria o coração fazer o que quer que fosse com ela. E em relação aos demais, os hamsters do Cícero ou o passaredo do Gringo ou ainda as flores da dona Janice, sei que vou ter que enfrentar chumbo grosso para me desfazer deles. É uma decisão ética complicada e espero que o travesseiro me dê alguma solução. O fato é que temos de inaugurar o quanto antes para mostrar a todos a excelência do nosso serviço e passar longe de qualquer "enxugamento". Vou comer alguma coisa.

MEMORANDO 001028

Caro Senhor,

Acordei sem nenhuma idéia sobre o que fazer com a fauna e a flora do nosso escritório. O único sonho que eu me lembro de ter tido esta noite foi confuso e numa hora eu estava no Juarez conversando com o Giba (um amigo de infância), mas depois o Giba sumiu e eu comecei a perguntar para todo mundo se alguém sabia do paradeiro dele e logo ali já não era mais o Juarez, mas um lugar muito grande cheio de grama, lembrava assim o Ibirapuera, mas à noite, e quando eu vi estava todo mundo indo embora porque já era tarde e o parque ia fechar e eu comecei a correr até que não tinha mais ninguém e na minha frente apareceu um coelho amedrontador, que ficou me olhando de lado, meio sinistro. Aí acordei com um chute da Ninha, que ainda me disse, rouca de sono: "*Puta merda, Magro* (ela me chama assim), *vê se não puxa o lençol todo pra você, caramba!*". (Desculpe a expressão grosseira, mas é um costume da família dela usar esse termo corriqueiramente, de modo que ele até não tem mais lá esse peso e virou apenas um "*puxa vida*" um pouco mais apimentado, e se o coloco neste memorando é por puro amor à veracidade dos fatos.) Me levantei suando frio e o radiorrelógio estava marcando três e quarenta da matina. Fui até a cozinha tomar uma água com açúcar e fiquei pasmando em que buraco deste mundo de Deus tinha ido parar o Giba. Acabou me dando uma irresistível voracidade noturna e comi um resto de macarrão gelado enquanto procurava adivinhar o que aquele sonho queria dizer. Acho que vou ver se encontro algum livro de interpretação de sonhos no Sebo Luís. Quem sabe pode advir alguma luz. Só fui conciliar o sono lá pelas quatro e meia e estou batendo cabeça! Vou tomar um café forte no Juarez.

MEMORANDO 001029

Caro Senhor,

A ficha caiu. Nem precisei comprar o tal livro de interpretação de sonhos. Estava vendo os bichos do escritório e bum! Vê se não bate: o coelho sinistro do sonho simbolizava os animais do escritório, que estão com raiva de mim (muita raiva, pelo jeito) porque eu vou mandá-los embora! Foi uma mensagem. Uma coisa é ficar contra o quadro de funcionários. Outra é ter a própria Mãe Natureza contra você. Então me ocorreu o seguinte raciocínio: se a gente organizar as coisas no escritório de modo que não pareça uma bagunça, uma desorganização completa, mas fique cada coisa num lugar adequado, creio que lavraríamos um tento no quesito originalidade. Pense bem: por que um escritório deve parecer frio, cinzento, monótono? Por que ele não pode ser cheio de vida, de interesse? Enquanto um — digamos — escrivão vem querer saber todas as relações que existem entre dois documentos e aguarda ser chamado (pois com certeza haverá sempre fila), em vez de ficar vendo manchas de umidade na parede vai ver aves, plantas, hamsters. Com isso o gelo se quebrará e a consulta se tornará menos impessoal. Afinal nós não somos nenhum hardware! Vou mais longe: a Ninha está tendo umas aulas de pintura e já comete umas telas de bom nível. Marinhas, naturezas-mortas, vasos de flores. Acho que seriam um bom complemento para a nossa decoração, o que Vossa Senhoria acha? Estou meio assim... na dúvida. E antes de contar para os outros, espero que Vossa Senhoria dê o seu consentimento naquele nosso velho esquema de sempre. Aguardo ansioso.

MEMORANDO 001030

Caro Senhor,

Grato pela nobreza afirmativa da sua sábia quietude. Esperei uma semana e nada. Fortalecido por mais esse voto de confiança, arregaço as mangas porque o prazo está vencendo e a Serviços

Interinos vai levantar vôo. Obrigado, do fundo do coração. Também gostaria de me justificar por não ter enviado nenhum memorando durante esta semana. Esse lamentável hiato se deve única e exclusivamente ao fato de eu ter caído num buraco. E não estou falando por metáforas! Caí mesmo num buraco enorme. Eu estava voltando do Sebo Luís, folheando com inenarrável prazer um livreto de trovas escolares que descobri numa prateleira escondidinha (eu havia usado esse livro no saudoso Ginásio Municipal Estelita Browne) e não prestei atenção numa obra funda que estava sendo feita no calçamento. Pode Vossa Senhoria imaginar a extensão do meu susto quando, em meio a devaneios nostálgicos, evocando quadras que me recordavam riachos com lambari, cocada e maria-mole, vi o mundo fazer zap! e tudo desaparecer num átimo! Minhas pernas se agitaram no ar inutilmente e não havia nada em que eu pudesse me agarrar, e tudo isso muito rápido, pois quando comecei a entender alguma coisa já estava estatelado de quatro numa cova funda, abraçado a um cano de esgoto em reparo! Meu precioso livro jazia num canto, sujo de barro. Todo ralado, com o terno rasgado em várias partes, eu mal conseguia respirar, pois bati com as costas de tal modo que meu diafragma se contraía inutilmente. Tentando entender o porquê daquela súbita descontinuidade do espaço, meio irritado (não sei por qual razão, a primeira coisa que me passou pela mente foi que tinha sido alguma brincadeira do Bigode), virei-me e olhei em volta, tentando me situar, com uma expressão vaga de "tem mais coisas entre o céu e a terra do que sonha nossa vã filosofia", quando começaram a despontar vários rostos surpresos e não pouco divertidos com aquele tombo espetacular do qual fui vítima. Alguns riam francamente, outros preferiam aquele sorriso escarninho que rasga os lábios com volúpia quando flagra outrem no ridículo. Os piores eram os que tentavam fazer uma expressão comiserada, mas não conseguiam disfarçar a grande alegria que sentiam pela minha queda vertiginosa. Em outros o que eu percebia era quase um agradecimento, como se alguém tivesse tido a coragem de fazer algo para alegrar aquela tarde insossa. Com muita dificuldade levantei-me manquitolando e com o fio de voz que minha respiração ofegante permitia falei, à guisa de justificação: *"Bela Prefeitura, essa nossa!"*. E não sei por qual razão todos caíram numa gargalhada ainda mais estridente, e só uma pessoa, uma só, lembrou-se de que tinha mãos e braços para me estender. Agradeci e já ia batendo pernas, tecendo editoriais furiosos, quando senti uma fisgada violenta e quase fui novamente ao chão. Se não fui, devo isso a uma providencial senhora, muito encorpada, que me serviu de anteparo. Não vou aborrecê-lo com detalhes ortopédicos. O fato é que o entorse no tornozelo me tirou do trabalho esta semana e mesmo hoje vim com o auxílio de uma bengala que pertenceu ao meu avô. Tenho muito ainda que dizer desta semana, mas vou dividir em vários memorandos, tanto para poupar seu precioso tempo como para organizar meu raciocínio. Até.

MEMORANDO 001031

Caro Senhor,

Conforme prometido no memorando anterior (001030) volto a galopar o teclado para colocar Vossa Senhoria a par de tudo quanto aconteceu na Serviços Interinos durante a minha ausência. Por onde começar? Recorda Vossa Senhoria aquela minha idéia de transformar nosso escritório num local mais alegre, a que Vossa Senhoria tão generosamente acedeu? Pois está de vento em popa. Meu filho Valdir trouxe, durante a minha ausência, algumas pinturas da Ninha. Ficou muito cultural. E o que seria de nós sem a cultura senão um livro em branco? (Ah! Ia esquecendo! Durante esta semana o Gringo voltou. Lembrei-me dele porque vi novamente seu sorriso desdentado no momento em que apreciava uma das telas da minha esposa, uma bailarina espanhola de roupas vermelhas, tocando castanholas.) Surgiu, entretanto, um impasse. O Bigode quis colaborar com a decoração e trouxe um pôster terrível: uma ilustração com traços realistas de um conjunto de rock formado por caveiras de olhos vermelhos e cabeleiras de fogo. Assustador. Pedi que ele retirasse aquilo dali, o que o deixou muito revoltado. A história acabou numa grande polêmica que só a muito custo consegui contornar. (Vou até o banheiro agora.) Vossa Senhoria me perdoe, mas vou suspender este memorando e ver se cato o Gringo para dar um jeito naquela descarga. Volto em breve.

MEMORANDO 001032

Caro Senhor,

Continuando... A coisa pegou fogo. Meu filho tomou o partido do amigo. O Cícero, que é um maria-vai-com-as-outras, também achou que não tinha nada de mais com o pôster. O Gringo ficou do meu lado. Mas a dona Janice subiu nos tamancos quando eu ataquei o Bigode. Não sei o que aquela senhora tem, que ninguém pode tocar no Bigode. Quanta proteção! Ela deixa até aquele jeito chorão e fica agressiva, Vossa Senhoria tem que ver! Eu tentei usar a lógica em vão. Argumentei que a função daqueles quadros era tornar o local agradável e não desagradável. O Bigode falou que o importante é que cada um pudesse se sentir bem lá dentro. E eu perguntei como ele podia se sentir bem olhando aqueles esqueletos perversos. Ele disse que gostava da agressividade, que não achava que o mundo era um lugar cor-de-rosinha, e que a gente tinha que ter uma "atitude". Aí eu me lembrei de uma coisa que o Giba, aquele velho amigo meu metido a sabido, me disse uns anos atrás de brincadeira, e repeti. Falei para o Bigode, colocando umas ironias na voz, que uma pessoa que não tenha sido radical até os vinte anos tem alguma coisa de doente, mas quem continua sendo depois dos trinta também tem. Isso porque ele vai fazer trintinha este ano, e nessa hora dona Janice quase subiu em cima de mim, o que Vossa Senhoria pode estar certo de que seria um dano irreparável ao meu tornozelo, uma vez que ela está em marcha progressiva no quesito calórico. Ela disse que eu era um tirano! Eu! Mas um gerente tem que dar umas ordens, senão que diabo de gerente ele é? E depois... tudo o que eles queriam estava lá, não estava?! Fiquei furioso. Perguntei se eles achavam que eu seria menos tirano se nem tivesse tido aquela idéia! Aí a coisa ficou alterada, parecia que a própria democracia estava em jogo, e todo mundo falava tão alto que até o Cabeça veio dar uma espiada, soltou uma baforada e voltou meneando a dita cuja. Resultado: acabei cedendo em nome da harmonia geral, e muito a contragosto, porque aquele pôster é a coisa mais feia que eu já vi na vida. Negociei que ao menos fosse colocado em local discreto para não chocar o público, no que fui atendido, também de má vontade. E como nem todos possuem a grandeza de alma de Vossa Senhoria, fui atacado por um sentimento um tanto mesquinho de vingança, pois a palavra "tirano" ainda soava desagradavelmente no meu ouvido. Então escrevi numa cartolina mais uma tirada do Poeta: "*Nosso corpo é o nosso jardim e o jardineiro é a nossa vontade*". E preguei ao lado da escrivaninha da dona Janice que cada vez que lê cai num choro prostrado. E tenho dito.

MEMORANDO 001033

Caro Senhor,

Joguei buraco ontem à noite, mas não consegui me concentrar. A Ninha me chutou por baixo da mesa porque eu, distraído, acabei dando duas canastras para os adversários. (Um casal de amigos que sempre ganha da gente.) O fato é que a Serviços Interinos não sai da minha cabeça. Hoje cedo, vindo para cá, peguei a Marginal congestionada e pude pensar bem no assunto. Acho que devo adiar mais um pouquinho a nossa reinauguração. A razão é que o Bigode ainda está fazendo alguns ajustes na rede e a decoração não está em ponto de bala. Também está chegando o Carnaval e essa fase é fogo, todo mundo fica meio lento, fazendo planos para viajar. Acho que na semana depois do Carnaval não tem erro! Quer dizer, na "ooutra" semana, porque depois da quarta de Cinzas a semana praticamente já terminou e tem muita gente que estica até o domingo. Mas terminada a folia, ninguém segura. É que eu quero fazer a coisa direito, Vossa Senhoria me entende, não é? Concordo com o Poeta quando ele diz: *"Os negligentes são os que mais amam a pressa"*. Bem, mas hoje é sexta-feira, dia em que as almas perdem peso, e depois da tormenta sempre vem a bonança, frase que o Bardo deixou escapar. Por isso resolvi que vou pagar café para todo mundo no Juarez, depois do expediente. Fui ovacionado. Só para dizer que apesar dos tombos e tropeços, tudo vai indo às mil maravilhas, isso se nenhum político resolver aparecer em cima da gente! Tenha um bom fim de semana.

MEMORANDO 001034

Caro Senhor,

Escrevo agora um memorando mais tenso, cujo tema é a nossa prestimosa dona Janice. E não estou me referindo à sua dieta eterna, se bem que isso me preocupe um pouco. Afinal, mostra o quão desequilibrado está seu sistema nervoso central. Ela é daquelas que, no auge da dieta, são capazes de passar meses a pão e água, mas se um dia — um só dia — comem uma coisinha fora, a coisa toda desaba, como uma vampira que, experimentando sangue, ficasse fora de si. Mas, como disse, não é sobre esse lado que quero falar. É um assunto mais grave, que comento com grande pudor, em tom baixo, com receio de estar sendo maledicente, quando nada mais distante de mim do que essa intenção. Vossa Senhoria há de se recordar que eu comentei em outros memorandos o fato de ela estar sempre protegendo o Bigode? Pois bem. Outro dia, quando ia entrando no escritório, ela estava dando um afetuoso abraço nele e ficou muito embaraçada ao me ver. Embaraçado na verdade fiquei eu, naquele teatro de fingir que nem tinha notado nada, me aferrando a vasculhar as gavetas da minha escrivaninha em busca de coisa alguma. Então eles saíram e eu quedei pensando... Teriam os dois alguma coisa? Mas é muita diferença de idade! E aquela imagem grudou na minha cabeça, como se a suspeita se transformasse rapidamente em certeza. E se de fato for? Acho que isso de alguma forma iria afetar o equilíbrio interno da nossa repartição. Mais um problema... Contei para Ninha das minhas suspeitas, pois as mulheres vêem as coisas por outros ângulos. Ela achou esquisito também, embora não conheça pessoalmente dona Janice. E ficou arrepiada, lembrando que o Valdir, quando tinha dezessete anos, deu para ficar enrabichado por uma balzaca da vizinhança. Foi um balacobaco na família. Devem ser essas coisas que o Freud explica, como se costuma dizer por aí. Só espero que não seja mais um rojão daqueles. A coisa se tornou mais grave, porque a Ninha foi dar com a língua nos dentes para o Valdir (para quem confiar nossos segredos?!?). E o Valdir contou que, uma ou duas vezes em que estava no apartamento do Bigode, a dona Janice apareceu por lá e os dois ficaram conversando baixo e depois o Bigode desconversou. Aí tem coisa, Vossa Senhoria há de concordar. E vai sobrar para mim! Fiz o Valdir jurar que não ia falar nada para o Bigode. Vamos confiar... Bem, e espero que Vossa Senhoria me perdoe se este memorando ficou um tanto pesado nas suas suspeitas, mas trago em minha defesa mais uma vez o grande Vate, para quem: *"Nunca é ofensivo o que a simplicidade e o zelo ditam"*. Lindão!

MEMORANDO 001035

Caro Senhor,

Eu tenho essa cisma com o Bigode e suas "atitudes", seus tênis e até sua cor meio marciana. Também me apavoram essas incursões que ele faz em computadores alheios em busca de segredos de Estado. E agora, com esse negócio da dona Janice, já passei a achar que o garoto precisa de duas coisas: uma terapia ou um emprego nas docas. Mas tem uma coisa que eu não posso negar, nesse negócio de computador ele é um gênio, sabe tudo. E é metido a fazer tanto rolo que já conseguiu montar mais dois micros aqui no escritório, além do Frank, que hoje já está ultrapassado, tão vertiginoso é esse mundo dos bytes. Agora todo mundo, até o Gringo e o Cícero, dá as suas digitadas. Claro que na maior parte das vezes ficam nos joguinhos. Arranjaram uma tal "Sinuca" virtual que substituiu o botão na preferência do quadro de funcionários (nos horários de lazer), coisa que acho lastimável. Além disso, o Bigode veio com um tal de overclocking, que é uma técnica avançada (e me parece que um tanto fraudulenta) de modificar o processador do micro, para que ele seja mais do que é. Desculpe se parece vago, mas eu também fico boiando. Essa mistura de inglês — língua da qual só compreendo o "thank you very much" e assim mesmo quando dito de modo vagaroso — e termos técnicos de informática é demais para o meu conhecimento. Parece sânscrito. Só que a tal técnica funciona, e os micros ficam mais velozes! Nossos bancos de dados aumentam a cada dia. Depois do Carnaval a gente vai botar para funcionar! Quer dizer... se tudo correr bem. E aqui tem outra coisa do Bigode que me irrita! Ele faz de tudo para adiar nossa reinauguração! Acha que eu fico insistindo muito nessa coisa de ser útil, que a coisa está boa assim como está, para que modificar, e tal e coisa e coisa e tal. Dai-me paciência! É um folgado. Nessas horas penso em exonerá-lo, só para ele aprender a valorizar o que tem. Mas quem iria resolver nossos problemas com informática? Além disso, quando pensei nessa possibilidade (exoneração) em voz alta, uns meses atrás, a dona Janice, que estava por perto, quase saltou no meu pescoço. Acho que eu iria perder meu adjuntor e minha secretária de uma tacada só. E chega por hoje!

MEMORANDO 001036

Caro Senhor,

Plena Quarta-feira de Cinzas e acho que só eu e o Cabeça estamos por aqui hoje. Quero ver que desculpas eles vão arrumar, porque ficou certo que todos estariam aqui depois do almoço, e já são três da tarde! A ansiedade me corrói. Quero abrir as portas! Quero mostrar a todos nossa utilidade, nossa função, nossa razão de existir nesta grande instituição. Mas o importante é ter calma. Bem... Como Vossa Senhoria passou de Carnaval? Quanto a mim, terminei meu Shakespeare e li um *Dom Quixote para adolescentes* escrito num português escorreito e útil, pois o original é um calhamaço considerável. Para ser sincero, não gosto daquele personagem. Acho meio falsa aquela história de ele sair lutando contra moinhos de vento, achando que são gigantes, Vossa Senhoria não concorda comigo? Eu sou um homem simples, de hábitos arraigados, vou à missa todo domingo, gosto de coisas concretas, de pisar no chão. Por isso estou feliz agora que a Serviços Interinos está a cada dia se tornando mais palpável. Só falta mesmo começar a funcionar de vez, o que vai ocorrer na próxima segunda. E ninguém me aparece hoje! Eu já ia colocar a foto do Cícero como "*Funcionário do mês*" de janeiro, ao lado das fotos do Cabeça e da dona Janice, mas estou pensando. Se bem que em janeiro ele não faltou, e hoje é fevereiro! É! Acho que vou deixar o Cícero em janeiro, mas vou suspender a foto de fevereiro. Eles têm que sentir na pele! Até mais.

MEMORANDO 001037

Caro Senhor,

Desastre! Tragédia! Estou saltando nos tamancos! Subindo pelas paredes! Sapateando na brasa ardente! Que vergonha! Vamos ter que adiar a reinauguração da Serviços Interinos mais uma vez! O Pináculo, meu irmão caçula, veio em casa ontem à noite e disse que o Formoso ligou para o trabalho dele lá no Posto. Ele está em apuros, numa cadeia em algum lugar do Mato Grosso. E quem vai ter que salvar o canalha? Eu! E ele não teve a decência de ligar para mim. Sabe que o Pináculo é doido por ele! Malandro velho! E agora vamos nós dois procurar Formoso. Estou de malas prontas e não sei quando volto (e se volto, pois não faço idéia do que me espera). Avisei todo mundo para continuar a rotina normal de todos os dias. O sorriso de felicidade do Bigode foi indescritível! Todos ficaram aliviados! O que aquela gente quer? Eles atravessaram aquela linha, Vossa Senhoria sabe do que eu estou falando. Eles desceram o ladeirão e agora para subir é fogo. Quando eu voltar desta aventura, vamos marcar outra reinauguração, talvez para o começo de março, se bem que o Bigode (sempre ele) sugeriu depois da Páscoa. Daqui para a frente chega de ser bonzinho, vou ser enérgico e decidido! Bem... lá vou eu rumo ao ignoto.

MEMORANDO 001038

Caro Senhor,

Nem sei que palavras usar para me desculpar. Estou vexado. Primeiro por essa ausência prolongada. Amanhã faz três semanas que redigi o último memorando (001037)! Quero me desculpar também por tudo que aconteceu aqui na minha ausência e que, juro, não mais acontecerá! O que Vossa Senhoria pensa que estou sentindo, pois acabei de chegar de viagem (vim direto da rodoviária para cá) e encontro esta zona toda? Dona Janice fazendo as mãos da Luíza do Xerox; o Cícero com a banquinha de ervas instalada dentro da Serviços Interinos, atendendo o pessoal do Arquivo; Valdir e Bigode dando aula de informática para duas adolescentes. Isto aqui parecia um mercado persa! Esses gritos que Vossa Senhoria deve ter escutado foram meus, expulsando todo mundo! Estou ainda tremendo todo e o Cícero veio me oferecer um chá de erva-doce. Quase fiz ele engolir as suas plantas. Agora estou sozinho no escritório, escrevendo este memorando e todos lá fora sem saber o que fazer. Nem eu sei o que fazer. Só estou notificando para Vossa Senhoria saber que já estou aqui.

MEMORANDO 001039

Caro Senhor,

Hoje posso escrever melhor, relatando os últimos incidentes sem a nervosia que ontem me arrebatou. Fui para casa sem falar com mais ninguém. Só conversei com a Ninha, que me preparou um chá, mas já ficou chateada querendo defender o Valdir. Ela é assim. O filho é um anjo sempre. Por isso que o menino não vai para a frente... Menino! Bem... A justificativa de todos foi a mesma: a merreca que todo mundo ganha. De fato, não deve ser surpresa para Vossa Senhoria a modestíssima quantia que todos ganham aqui na Serviços Interinos, mas sei que isso não justifica o desleixo. A dignidade do ofício deve estar acima de qualquer coisa, não concorda Vossa Senhoria? O dinheiro é importante, mas e a nossa honra? Digo isso para mostrar a Vossa Senhoria a minha posição em relação ao assunto. Entretanto, não digo que aceito, mas entendo um pouco o que aconteceu, à luz das dificuldades econômicas geradas pela incompetência dos políticos, essa raça de larvas. Fiz ver, à luz do bom senso, que é impossível manter aquele comércio aqui dentro. Cícero resmungou que está com dificuldades em casa, pois a Cícera perdeu o emprego e os dois é que proviam tudo. Os pais são velhos. Gringo disse que não sabe como fazer para educar tanto filho. Enfim, cada qual está com suas durezas, seus problemas, e sabe que a grana daqui, conquanto certa, é irrisória e continuará sendo sempre, mesmo com prováveis (mas sempre insignificantes) reajustes. Veja Vossa Senhoria que minha preocupação é sempre a da transparência, pois tenho vossa pessoa na mais alta conta e sei que não há de vossa parte qualquer mesquinheza, pelo modo mesmo como dirige tão sabiamente esta nossa repartição. De qualquer modo o comércio acabou na Serviços Interinos e agora vamos voltar nossa atenção para a reinauguração (que deve ficar mesmo para depois da Páscoa). Sem mais.

MEMORANDO 001040

Caro Senhor,

Amargos são os frutos da probidade! E o mais doce deles é a impopularidade! É o que sou, caro Senhor, um ogro dentro da minha casa e do meu trabalho. E tudo acontece novamente como da outra vez: Formoso aparece aqui e todos correm para cumprimentá-lo e riem das suas histórias. Como os canalhas são simpáticos! Parece que já se esqueceu de tudo o que passou. Nem se lembra de que chorou como um menino de dez anos quando nos viu, a mim e ao Pináculo, chegando naquela aldeia remota onde ele estava preso por causar tumultos. Não sei o que ele aprontou naquele fim de mundo (e nem quis ouvir explicações, tão azedo estava o meu humor). Só o que sei é que ele conseguiu ser perseguido ao mesmo tempo por fazendeiros e por integrantes do Movimento dos Sem-Terra, levando de uns, tiros, e de outros, pedradas. E tão forte é o santo dos calhordas que nem aqueles nem aquelas sequer rasparam seu couro, enquanto eu, que tento viver em conformidade com a lei, sou engolido por buracos nas calçadas da cidade. Fora que tivemos que voltar fugidos, pois conseguimos soltar o Formoso na base da propina. Atravessamos regiões que eu nem sequer imaginava existirem. Pegamos caronas com caminhoneiros fanfarrões, alguns com várias mortes no currículo. Comemos em restaurantes que mais pareciam antros. Dormimos ao relento e eu despertei, certa manhã, com uma anta me lambendo o rosto. Ainda por cima o Pináculo perdeu seu emprego por ausência no trabalho. E eu tive que botar a mão na poupança que eu tenho para fazer uma viagem à Itália quando me aposentar, junto com a Ninha. Quero esquecer esse triste incidente! Agora tudo parece engraçado na boca do Formoso. E ele ainda vem servir de advogado, falando que eu devia liberar os bicos na repartição e arranjar uma boquinha para ele e para o Pináculo. Nunca! Já tenho meu filho aqui! E aí a desmoralização iria ser completa, não pelo Pináculo, que é o ser humano mais servil e obediente que eu conheço, mas pelo Formoso, que ia transformar o mercado persa num mosteiro beneditino, se é que Vossa Senhoria está me entendendo! Resistirei!

MEMORANDO 001041

Caro Senhor,

Outra noite, antes de pegar no sono, acabei rindo daquele dia em que cheguei da minha aventura rural e encontrei a já descrita barafunda no escritório (memorando 001038). Não porque tenha mudado de posição em relação a tudo o que aconteceu, mas porque me veio à memória, tardiamente, uma pequena cena da qual só agora percebo o significado. É que quando cheguei na repartição, vindo da rodoviária, exausto, remoendo remorsos pela longa ausência, percebi um movimento do Cabeça ao me ver. Ele levantou-se sem o costumeiro sorriso e entrou no escritório com seus passinhos miúdos. Pensando agora, percebo que ele estava de butuca, vendo se eu aparecia para prevenir os outros, muito provavelmente por ordem do Bigode. Mas eu sou lépido no andar e logo ultrapassei seu trote curto, deparando com aquela cena escandalosa já descrita em pormenores. Mas quando ainda ia ultrapassá-lo, notei que ele se esforçava por dizer: *"ele... ele... ele..."*. Depois só o que se ouviu foram os meus gritos e tudo o que já está eternizado no supracitado memorando. Aí eu fiquei rindo feito um bobo da minha própria bobeira, até pegar no sono. Falei tudo isso só para mostrar a Vossa Senhoria que, apesar de tudo, quero bem ao quadro de funcionários e fiquei pensando se, com meus comentários, Vossa Senhoria poderia estar tendo deles uma imagem um tanto quanto deprimente, se não catastrófica ou até mesmo apocalíptica. De fato, como já disse antes, são almas confusas, sem fibra, mas no fundo o coração é de bom quilate, e mesmo o Bigode com as suas "atitudes" é um rapaz bacana. E depois, apesar de todos esses problemas, estou tão contente de ser o Gerente de Assuntos Relacionados da Serviços Interinos que não poderia nem pensar em outra condição agora. Só isso eu queria dizer. Tenha um bom dia.

MEMORANDO 001042

Caro Senhor,

É com uma estranha mescla de alívio e apreensão que fui até a rodoviária levar Formoso para outra de suas aventuras. Desta vez um amigo dele avisou que estava abrindo uma churrascaria em algum quilômetro razoavelmente distante da Dutra e gostaria que ele gerenciasse. Formoso bateu nas minhas costas e disse: *"Agora somos colegas!"*. Pediu dinheiro emprestado para comprar uma roupa decente e novamente partiu. Formoso disse que se tivesse alguma colocação para Pináculo no posto da churrascaria mandaria chamá-lo, e meu irmão caçula ficou muito contente. Meu maior desejo é que Formoso sossegue um pouco. O problema dele são esses sonhos de grandeza, sem a necessária paciência e humildade para perseverar. Quer a coisa pronta, sabe como é? Ontem à noite, na janta, quando ele começou a contar os sórdidos detalhes da sua aventura sertaneja, levantei-me e fui arejar. Enfim, é uma criatura que perdeu completamente o senso natural de ética. Bom... caiu do céu esse cargo de gerente de churrascaria. Tomara que tudo entre nos eixos e agora, sem outros poréns, a Serviços Interinos possa ter sua reinauguração garantida. O Gringo está fazendo uma série de trabalhos de acabamento, pintando as paredes, fazendo bancadas para os computadores e a coisa vai indo. Apesar do nariz torcido, todos trabalham! Volto em breve.

MEMORANDO 001043

Caro Senhor,

Meu filho Valdir passou a noite no apartamento do Bigode em estripulias pela Internet. Hoje ele me disse, com admiração incontida, que o Ebenezer é um astro na sua atividade. Comentou sua (do Bigode) participação num Congresso Virtual de Hackers, que reúne todos os bambambãs num site que, no encerramento, é autodestruído. E o Valdir disse que o Bigode já havia ganho um grande prêmio no ano passado, o troféu virtual WallFire Destroyer, por serviços prestados à comunidade da pirataria cibernética e muito desejado por todo hacker ambicioso. Mas este ano ele se excedeu e conseguiu o título de Master Invader, que é uma láurea que apenas uns cinco ou seis hackers no mundo possuem. É o Oscar deles. Valdir disse que o Bigode ficou muito orgulhoso, pois é o primeiro brasileiro a conseguir essa premiação. Veja só, Vossa Senhoria, que o "garoto" não é pouca coisa. O mais estranho é que quando eu perguntei por que ele tinha ganho esse prêmio, o

Valdir ficou meio na defensiva e eu estou desconfiado de que ele está sabendo de alguma coisa que não revela! Filhos! O que ele disse é que o Bigode é capaz de penetrar qualquer sistema, mesmo os mais indevassáveis! É o hacker do ano, nosso rapaz! Parece que está agindo internacionalmente! Aonde isso vai parar?, é o que me pergunto! A coisa já não está fácil para nosso lado, hoje os jornais voltaram a noticiar a política de moralização! Se conto tudo isso a Vossa Senhoria é porque sei que é uma grande alma e conhece o que vai nos corações dos seus soto-soberanos, e o Bigode no fundo é boa pessoa! Além de ser inestimável para a Serviços Interinos. E aqui, neste nosso escritório, defendemos a livre expressão, certo? Falando em livre expressão, perguntei ao Valdir, como quem não quer nada, se a dona Janice apareceu por lá, e ele confirmou, um tanto evasivo. Pelo seu olhar, vi que ele sabe alguma coisa que não quer me contar! Estou sob pressão, estou com os nervos à flor da pele! Como almejo um décimo da vossa serena sabedoria! À primeira novidade, retorno.

MEMORANDO 001044

Caro Senhor,

Aproxima-se a cada dia nossa reinauguração. Resolvi reunir todo mundo para colocar um ponto final no descontentamento. Foi uma boa idéia. Lavamos a roupa suja, ouvi calado algumas inverdades e contei até vinte para não esquentar. O que eu queria era promover a paz e a harmonia para que quando estivermos atendendo o grande fluxo de público, essa harmonia possa ser captada pelas pessoas. Cada vez sinto mais que isto não é um trabalho, mas uma obra! Li sobre isso num livro de biografias de poetas brasileiros. A diferença entre os dois é que o trabalho nós procuramos fazer bem-feito e sem dor, e na obra existe a dor, a angústia, a paranóia dos detalhes, você quer que tudo fique sem jaça, como um perfeito diamante lapidado, puro e sem corrupção! Por isso fiquei sobremaneira preocupado, quando estava saindo no final do expediente e flagrei uma discussão do Bigode e da dona Janice lá no Juarez, onde eu tinha ido tomar um cafezinho. Não ouvi o que falavam, pois estavam numa mesa de canto, também inconscientes da minha presença. Eu fiquei no balcão com o olho espichado, confesso. Quando dona Janice se levantou quase derrubando a mesinha e saiu com os olhos meio lacrimejantes, não resisti. Fui até onde o Bigode estava e falei: *"Que tipo de relação você tem com dona Janice?"*. Ele me fuzilou com um olhar de revolta e disse: *"Você não tem nada com isso!"*. E se mandou. Sorri para algumas pessoas que presenciaram a cena e saí ruborizado. Fiquei me maldizendo, pois o que eu queria dizer era: *"O que aconteceu com a dona Janice, que saiu chorando?"*. Mas a minha natural curiosidade me traiu. Para piorar a situação, no jornal do fim de noite saíram novas notícias de tentativas de invasão do sistema de informática de várias repartições públicas. Nem consegui dormir direito. Contei para Ninha o que tinha acontecido no Juarez e ela disse: *"É, Magro, você pisou na bola!"*. Vossa Senhoria também acha o mesmo? Acho que vou desistir de tudo e criar minhoca. Gente é muito complicado. Até.

MEMORANDO 001045

Caro Senhor,

Levei o Bigode até o Juarez e disse: *"Escuta aqui, rapaz, desculpa por ontem, eu não tenho nada com a sua vida particular, mas tenho tudo com o que pode afetar a Serviços Interinos! Esse papo de enxugamento pode ser sério e já pensou ficar sem trabalho? Então pare de ficar fazendo graça e brincando de pirata cibernético que a coisa ainda vai ficar brava!"*. Falei com tanta convicção e força que esperava outra daquelas respostas malcriadas, mas então o Bigode tornou-se manso como um cordeiro, até gentil. Pediu desculpas e disse que ia dar um tempo nas suas "atividades", que ele estava mesmo ficando preocupado, pois alguém tinha conectado seu computador e mandado mensagens estranhas. E tão frágil ele pareceu que toda a minha raiva derreteu na hora. Fiquei até comovido com a expressão indefesa que ele estava fazendo. Senti como se ele fosse meu filho. Bati no seu ombro e disse que ele era figura exponencial na Serviços Interinos e que eu não queria perder o seu talento. A partir daí a conversa rolou mansa e ficamos umas duas horas falando. Ele me disse as coisas que encontrou nos sistemas que invadiu e meu sangue ferveu... Cada coisa, cada mamata! Na verdade nada de novo daquilo tudo que a gente vê nos jornais, aqueles escândalos de corrupção. Só que o Bigode diz ter a prova concreta de muitas dessas coisas. *"Mas por que você faz isso?!"*, eu quis saber. E ele respondeu que sentia poder e também gostava de ver a imundície das pessoas que posam de respeitáveis. Também nutro desprezo pela hipocrisia, mas não com esses métodos. Vossa Senhoria devia ter uma conversa com o rapaz. Tenho certeza de que suas palavras, mais sábias do que as minhas, o colocariam numa perspectiva mais correta dos acontecimentos. Na hora em que eu estava pagando a conta, cheguei para ele e disse: *"Mais uma vez, sinto muito por ontem, não tenho nada com o caso de vocês!"*. E aí o Bigode soltou uma gargalhada que me deixou constrangido e voltou rindo pelo caminho. Deve ter contado o meu comentário para dona Janice porque ela agora deu para me olhar de modo muito divertido. Estou me sentindo ridículo e confuso. O que será que está de fato acontecendo?! Gostaria tanto de ter o discernimento de Vossa Senhoria... Boa noite!

MEMORANDO 001046

Caro Senhor,

Passou bem de feriado? Hoje finalmente a Serviços Interinos abriu suas portas ao público desta prestimosa instituição. E estou me sentindo terrivelmente frustrado. Não apareceu ninguém. Ninguém! Uma viva alma! Dona Janice me disse que primeiro dia é assim mesmo. Acho que o problema maior é a localização. Ninguém vê essa portinha, debaixo da escada. Acho é preciso avisar às pessoas que estamos abertos. Bem... mandei dona Janice imprimir várias cópias de uma filipeta falando da Serviços Interinos, comunicando sua reabertura e mandei o Cícero entregar em outras repartições. Ele foi todo lampeiro e ainda não voltou. E ninguém apareceu. O chato é agüentar as olhadas do Bigode. Parece que ele está satisfeito com a situação! Volto a escrever na incidência de algum fato novo.

MEMORANDO 001047

Caro Senhor,

Entrou uma pessoa! Acho que as filipetas estão dando resultado! Foi uma mulher, não sei o nome dela, mas já a vi pelos corredores e também tomando café no Juarez. Ela foi entrando assim, de fininho. Olhou em volta e grudei no seu olhar: vi que ela focou os quadros, depois as plantas, desviou para a gaiola de hamsters, bateu nos computadores onde permaneceu um pouco e finalmente notou o Xô. Fez uma expressão vaga, ligeiramente desorientada, e saiu antes que eu pudesse falar qualquer coisa, pois a sua presença me apanhou de surpresa. Fui atrás dela, mas quando cheguei no corredor não a vi mais. Fiquei mais animado. É assim que começa!

MEMORANDO 001048

Caro Senhor,

Resolvi melhorar a divulgação. Mandei o Gringo fazer uma placa avisando da reabertura da Serviços Interinos e depois colocá-la numa haste. Aí pedi para o Cícero ficar andando com ela pelo prédio, como fazem aqueles que anunciam ouro na cidade. Cícero tem passeado com a nossa placa pelo Fórum inteiro e nada. Parece que há alguma coisa travando a comunicação. O que os outros Gerentes de Assuntos Relacionados fizeram? Sei que é antiético falar dos que nos precederam e que nem estão aqui para se defender, ao modo daqueles dentistas que, quando abrimos a boca, fazem expressão de espanto como que dizendo: *"Quem foi que fez isso com seus dentes?"*, quando não dizem mesmo. Mas o fato é que a Serviços Interinos goza do mais absoluto anonimato nesta instituição. Essa espera está me dando nos nervos. Tenho que fazer alguma coisa e pode ter certeza, Vossa Senhoria, de que farei! Até!

MEMORANDO 001049

Caro Senhor,

Luz no fim do túnel. Mais duas pessoas entraram aqui, duas senhoras da Contabilidade. Dessa vez não fui apanhado de surpresa. Mostrei para as duas toda nossa repartição, expliquei como funcionava o nosso banco de dados. Mas elas não se mostraram muito receptivas ao universo da informática, antes ficaram encantadas com os óleos da Ninha, pois também fazem curso de pintura. Saíram e prometeram divulgar a Serviços Interinos. Vejo que a coisa vai ser feita na base do boca a boca. Mas ainda não atingimos nosso público-alvo: advogados, escrivães, essa gente que necessita de todo tipo de informação. Mas como diz o Vate, sempre perspicaz: "*Aqueles que desejam trigo para fazer torta, precisam esperar pelo tempo da moagem!*". Volto em breve.

MEMORANDO 001050

Caro Senhor,

Mais um dia que termina. E ninguém... Ninguém! E parece que eu sou o único aqui perturbado com esse fato. Os outros estão alegres como crianças, jogando sinuca virtual! Invejo-os! Sem mais.

MEMORANDO 001051

Caro Senhor,

Volto a me desculpar pela minha atitude inconveniente! Deve ser o desespero. Juro que não tive outra intenção a não ser a melhor delas quando arrastei aquele senhor pelo cangote para dentro da Serviços Interinos, obrigando-o a inteirar-se da utilidade dos nossos serviços. Na pressa de agilizar a popularidade do nosso escritório, nem vi que ele não trabalhava por aqui e estava apenas procurando localizar um documento. Minhas faces ainda se abrasam quando lembro o seu rosto me fitando com terror, julgando-se vítima de algum alucinado. Depois paguei um café para ele no Juarez e me desculpei. Acho que isso não vai dar em nada, será que vai? Será que ele ainda vai fazer alguma reclamação? Será que coloquei tudo a perder? Estou uma pilha de nervos! O Bigode sumiu novamente! O que eu faço com ele? Dona Janice voltou para a dieta e chora convulsivamente cada vez que olha alguma coisa que possa ser mastigada, seja ela doce ou amarga, lisa ou crocante. Estou chegando ao meu limite, e se ainda não o ultrapassei devo isso exclusivamente aos chás de capim-cidrão que o Cícero prepara. Mas prometo a Vossa Senhoria que vou reverter essa situação!

MEMORANDO 001052

Caro Senhor,

Já dizia alguém que família a gente não escolhe. Pináculo veio me dizer que telefonaram do posto na Dutra perguntando por Formoso. Já coloquei a mão no bolso achando que meu irmão tinha dado algum desfalque. Mas parece que não é nada disso. Mais tarde, Formoso ligou para o Pináculo e explicou que surgiu uma grande oportunidade para ele e que depois contava em detalhes. Deve ser alguma nova furada! Fico tenso só de pensar! E aqui tudo ainda está às moscas! Isso me revolta... será que as pessoas não percebem o que têm às mãos? Resolvi fazer uma política de marketing agressiva! Li sobre o assunto num livro sobre gerenciamento de alto nível que comprei no Sebo Luís. Também quero aproveitar o desaparecimento do Bigode para lançar essa estratégia, pois sei que ele é contra qualquer tipo de barulho. É uma criatura do silêncio, aquele rapaz, um ser da madrugada, do escuro, do lusco-fusco, um vampiro dos chips e bits! Quanto a mim, o que mais quero é afirmar nossa repartição, torná-la iluminada, brilhante! E é o que irei fazer. Minha mente borbulha de idéias. Acordei às quatro da matina e coloquei tudo num papel. Ainda estou estudando a viabilidade delas. Mais tarde comunico o que será realizado.

MEMORANDO 001053

Caro Senhor,

Quero dizer que aquela idéia da política de marketing agressivo mencionada no memorando passado (001052) não saiu do nada. Foi fruto de muito pensar, de estafante matutar. A bem da verdade, fiquei com os neurônios esturricados e minha massa cinzenta estava parecendo já uma sopa rala, quando veio a luz. E isso aconteceu sábado passado. Nesse mencionado dia, fui até a Lapa resolver uns pepinos e estava parado num semáforo perto do shopping pensando na vida, quando ouvi um som estridente. Era uma pequena bandinha que tocava em frente a um magazine de calçados, para anunciar o início triunfal de uma liquidação. A banda era formada apenas por cinco músicos trajando um uniforme amarelo acetinado, com lista negra na perna e uns chapéus com franjas laranja (meio caídas, na verdade). Todos os músicos eram muito velhinhos e a banda consistia em um bumbo que tudo ritmava, enquanto os outros atacavam nos metais. Parei o carro numa Zona Azul e fui lá ver de perto, primeiro porque me lembrou meus tempos de criança no interior, segundo porque eles estavam tocando o "Pequenino grão de areia", música da qual eu gosto por demais, e terceiro porque queria pedir informações sobre a banda. Era uma bandinha meio mequetrefe. De perto dava para ver que as roupas estavam puídas. Mas tocavam razoavelmente afinados, a não ser por uma corneta que falhava nas notas altas, menos por imperícia do músico do que pela falta de fôlego natural da idade. Fiquei com o telefone do líder deles e vou entrar em contato. Vou trazer a banda aqui para uma nova reabertura da Serviços Interinos de fazer tremer o prédio! O que Vossa Senhoria pensa disso? Bom, né? E não vai parar por aí, não. Pedi ao Valdir, que agora sabe como fazer homepages, para criar nosso site na Internet. Vai sair em breve a *Serviços Interinos Home Page*! E para o relançamento, além da banda, estou pensando em fazer um coquetel, com salgadinhos do Juarez (é o único lugar onde ainda fazem croquetes!). Ah! E vou pedir para o Gringo meter bala num sapateado espanhol, bem no meio do saguão de entrada! O Fórum vai ferver!!! Garanto! Até!

MEMORANDO 001054

Caro Senhor,

Estou de cara no chão! Por essa não esperava. E não foi, creia, insensibilidade da minha parte, pois se de um pecado não posso ser acusado é justamente o da frieza de sentimentos. Choro até vendo filme água-com-açúcar! É que as pessoas não compreendem o nível de expectativa a que estou submetido neste embate por levantar nossa repartição da obscuridade funcional para a luz plena do serviço público! Acontece que eu estava adicionando mais informações ao nosso já vasto banco de dados, quando tudo escureceu na tela! Breu! Meu coro cabeludo arrepiou. Não tenho intimidade com a informática, tudo nela me fascina e aterroriza ao mesmo tempo. Minha primeira reação foi de pânico. Achei que nosso banco de dados tinha evaporado no éter impreciso onde ficam, imagino, todas as coisas que digitamos. Foram meses de labor intenso! Comecei a gritar feito um bezerro separado de sua mãe antes de desmamar. Agarrei-me ao micro tentando fazer reviver aquela tela morta. Valdir teve que me arrastar dali antes que eu danificasse irremediavelmente o monitor. Depois ele começou a tentar resolver o problema, mas apesar de estar bem avançado no assunto, não conseguia atinar com o que tinha acontecido. Achou que o disco rígido pudesse ter ido para o espaço, confirmando minhas suspeitas. Então gritei para dona Janice, em tom autoritário, que fosse buscar seu namoradinho onde quer que ele estivesse, que o lugar dele era aqui... trabalhando! E quando eu esperava por parte dela um choro ou uma repreensão zangada, fui surpreendido por um fenomenal bofete nas ventas. Minha cabeça ficou zunindo como se tivesse um enxame de pernilongos dentro do meu ouvido. Depois ela saiu batendo pé. O Valdir também gritou comigo, dizendo que eu tivesse calma, que o Bigode tinha backups de tudo! Aí o raio do entendimento iluminou a massa amorfa da minha memória e eu lembrei: backups! Tinha me esquecido completamente desse procedimento salutar, e digo mais, essencial, nesse negócio de informática. Ah! Estava tudo salvo... guardado em algum lugar igualmente obscuro, mas a salvo, dado por dado, todos eles esperando pacientemente a hora de serem chamados a exibir-se em algum monitor devidamente iluminado. Senti um alívio enorme, uma sensação reconfortante de paz interior. Sentei-me na escrivaninha, enxugando a testa com um lenço, quando percebi que todos ainda me olhavam fixamente, principalmente Valdir. Lembrei-me da cena com dona Janice (minha cabeça ainda zumbia) e fiz uma expressão envergonhada, ou devo ter feito, pois Valdir se aproximou e, tirando partido da minha fraqueza naquele instante, disse, apontando com a cabeça na direção da porta por onde a secretária tinha saído, deixando um rastro de perfume adocicado: *"Ela é mãe do Bigode!"*. E foi ao encalço da mulher. Deixei-me cair prostrado e assim estou até agora, quer dizer, até momentos antes de começar a redigir este memorando repleto de remorso e perplexidade.

MEMORANDO 001055

Caro Senhor,

Só para colocá-lo a par desses últimos acontecimentos. Dona Janice não voltou mais para a repartição hoje, e quando todos saíram, ao final do expediente, chamei Valdir e pedi-lhe que me inteirasse da situação. Então ele contou uma história espantosa. Disse que o Bigode era filho de dona Janice com um juiz muito respeitável que trabalhou neste mesmo Fórum anos atrás, um homem casado que pulou a cerca, fez estrago e nunca quis assumir! Mas a história toda tinha muitos pontos vagos, e Valdir disse que tanto Bigode como sua mãe eram muito reticentes em relação a esse acontecimento, e mesmo Valdir, muito amigo do Bigode, só foi sabendo de tudo em pílulas, juntando os fatos aqui e ali. Veja só, Vossa Senhoria, que coisa lastimável. Longe de mim julgar vossos pares, mas acho isso uma grande canalhice, Vossa Senhoria não acha? Bem... parece que durante muito tempo dona Janice viveu por aqui à sombra do amante até ele aposentar e romper definitivamente o relacionamento. Que melodrama! O Ebenezer foi criado aqui, pois dona Janice não tinha com quem deixá-lo, e essa parte da história eu já conhecia. Isso esclarece também a grande intimidade que o Bigode tem com a geografia deste prédio. O que me deixou mais estupefato foi que dona Janice nunca exigiu nada do amante! Nunca pediu uma pensão sequer (embora ele contribuísse com alguma coisa, segundo Valdir), nunca o ameaçou de fazer escândalo se não reconhecesse o filho, coisas tão corriqueiras neste universo dos trancetês conjugais. Nada. Ficou na sua, calada, criando o filho como podia! O Bigode parece que de vez em quando pede para que ela ainda faça alguma coisa, arrume alguma grita para conseguir do juiz um alívio mais consistente para a velhice, mas não se sabe por qual razão ela se nega, não quer nem ouvir falar no assunto. E parece, sempre segundo meu filho, que ela ainda é muito apaixonada pelo tal juiz! Que coisa... Estou apalermado com essa chuva de confissões! Deixo tudo lavrado neste memorando para que as palavras expressem a temperatura do momento e me vou, não sem antes citar o Imortal: *"Quem pode dizer o que se passa no coração de uma mulher?"*.

MEMORANDO 001056

Caro Senhor,

Cheguei hoje um pouco mais tarde de propósito, pois minha intenção era que dona Janice já estivesse à sua escrivaninha. Sem dizer nada depositei sobre a mesa dela um ramalhete de flores, sem cartão algum, pois creio que o gesto às vezes é mais explícito do que as palavras, e dessa maneira floral acredito ter pedido humílimas desculpas. Ela nem olhou para mim, nem sorriu, apenas levantou-se com a consciência de que estava sendo observada e, altiva como uma dama do palco, atravessou o escritório na direção do banheiro, de onde retornou — minutos depois — com o nariz vermelho, dando a entender de um modo igualmente sem palavras que o gesto a comoveu e que as desculpas estavam aceitas. E permanecemos assim, durante toda a manhã, num teatro de pouco dizer e muito agir, cientes da delicadeza do momento, pois eu a agredira verbalmente com insinuações maldosas e levara em troco uma sonora bofetada que reduzira a pó de traque minha autoridade gerencial. Até que, perto do meio-dia, quando as disposições menos sutis do estômago tornam dispensáveis os meneios da delicadeza, convidei-a para comer um croquete no Juarez, pois estando ela em meio a uma dieta, não queria vê-la naufragando numa gordurosa feijoada, que é o prato do dia. A Ninha também se comoveu com a história da secretária e tomou partido ferozmente contra o adúltero, naquele modo que as esposas têm de, sem tocar no assunto diretamente, mostrar quais seriam suas reações se a mesma coisa acontecesse sob o seu teto. Vossa Senhoria pode estar sossegado, pois estão superadas quaisquer farpas entre mim e dona Janice e a partir de agora tudo o que eu tenho em mente é a reabertura de gala do nosso escritório! Ah! A bandinha da Lapa topou! O seu Cláudio (que toca a tuba e gerencia a banda) só achou estranho o local. Ora, que lugar, por mais solene, não se abre para a Música? (Não disse, mas bem poderia ter dito, o Poeta.) Até.

MEMORANDO 001057

Caro Senhor,

Acredite Vossa Senhoria se assim o desejar, mas o Formoso apareceu ontem em casa com um terno bem passado, gravata combinando e sapatos engraxados. Até seus modos estavam diferentes. A Ninha e o Pináculo ficaram positivamente espantados. Eu, mais cicatrizado, prefiro aguardar. Acontece que meu irmão entrou para a política (através de um contato lá na churrascaria) e se tornou assessor de um deputado ligado ao novo governo e — quem diria — a toda essa questão de moralização e enxugamento. Na verdade não é um cargo importante (é quase que um boy de terno e gravata), mas Formoso tem certeza de que achou a sua turma (eu garanto que sim). Ele bateu nas minhas costas com satisfação, mas eu sei bem o que ele queria com isso: era mostrar que estava para dar um passo maior do que o meu, nessas contendas que às vezes soem acontecer entre irmãos, um medindo no outro o quanto já alcançou ele mesmo. Ah! O Gringo está levando a sério a sua apresentação de sapateado espanhol e vai fazer par com a mulher, a Pilar. Também já encomendei os comes e bebes no Juarez e vai vir uma fornada de rissoles, croquetes, empanadas, minipizzas, brigadeiros e refrigerantes. Também pedi para dona Janice encomendar um bolo. Agora a coisa vai!

MEMORANDO 001058

Caro Senhor,

Além de toda a parafernália que estamos preparando para a reabertura, pedi para o Gringo armar um microfone para que eu pudesse proferir um discurso, o qual agora transcrevo para sua apreciação e possíveis críticas: "*Caros colegas forenses, quero roubar um minuto da vossa atenção para comunicar, com radiante alegria de espírito, que a Serviços Interinos voltou a abrir suas portas para esta comunidade, oferecendo todo tipo de informações relacionadas. Nosso serviço, agora todo informatizado, visa tão-somente contribuir para o fortalecimento da nobre causa do Direito. Além disso, vocês poderão desfrutar de um ambiente alegre, descontraído, com funcionários preparados para atendê-los em suas demandas. Enquanto aguardam, terão as retinas distraídas com os maravilhosos quadros a óleo de Adriana Modesto, agora em fase surrealista. E como hoje é dia de festa, venham comer um salgadinho, tomar um copo de refrigerante e assistir a um incrível número de sapateado espanhol. Obrigado pela vossa atenção!*". O que Vossa Senhoria acha? Aprovado? Bem, se não houver resposta, vou mandar bala!

MEMORANDO 001059

Caro Senhor,

Dona Janice, ainda cheia de dedos, veio me dizer do descontentamento do Bigode em relação ao nosso relançamento. Ele é totalmente contra o que chama de "barafunda" e, segundo ela, está possesso com a minha iniciativa. Quem ele pensa que é? Só porque ganhou um premiozinho virtual, acha que pode mandar em quem está acima dele? Mas como também não gostaria de repetir a cena de pugilato do outro dia, "muuito" delicadamente perguntei a dona Janice por que ele não vem dizer isso em carne e osso, uma vez que não está nem de férias, nem de licença. Ela disse que conta com a minha compreensão pois o Ebenezer (ela nunca o chama de filho) está com problemas muito graves e deve aparecer em breve. Fiz-me de desentendido e respondi que ela não se preocupasse, que tudo o que eu queria era somente expor ao público a nossa repartição, dando-lhe o devido reconhecimento, por um lado, e por outro salvando-a de um possível expurgo, se esse enxugamento viesse de fato. Ela me olhou como se soubesse de alguma coisa de que eu não fazia a menor idéia e eu fiquei com a pulga atrás da orelha, pois tem acontecido no nosso escritório — ao longo de todos ésses meses — que eu acabo (como o marido das piadas) a ser sempre o último a saber. Vou ultimar os preparativos. Amanhã é o grande dia!

MEMORANDO 001060

Caro Senhor,

Estou escrevendo sob o influxo das sensações que me sacudiram nesta tarde. Vivi os antípodas das emoções. Agora todos se foram, e nosso escritório experimenta aquele tipo de silêncio que, vindo após as grandes estridências, parecem mais profundos. Fim de expediente, tudo se esvazia e é como eu me sinto após tanta tensão: um saco vazio. Eu já despertei agoniado, naquele suspense de não saber se as coisas iam dar certo, e cheguei aqui antes de todo mundo. Vim com o Valdir e a Ninha, que afinal estava tendo sua primeira exposição individual. Em relação ao evento, fora alguns eventuais problemas, tudo correu como o esperado. A banda chegou na hora, desfalcada de um dos elementos, que pegou uma pneumonia, em razão, segundo Cláudio (o da tuba), de um vento que tomou em Peruíbe no fim de semana. Mesmo assim eles fizeram o melhor possível e nem era o meu desejo ter uma orquestra sinfônica, mas algo que fizesse ruído bastante para chamar a atenção de todos. O Juarez também mandou a comida na hora combinada e dona Janice se encarregou de preparar uma mesa dentro do escritório, onde arrumou de modo artístico aquele festival do salgadinho. Aliás, ela veio imersa num vestido cheio de babados e frufrus, com decote pronunciado, tanto na frente quanto nas costas. Também tinha feito o cabelo, que despencava em cascatas sobre os ombros. Todos estavam bem-vestidos, e senti orgulho da minha turma. Por um momento, senti vontade de abraçar a todos! Afinal tínhamos feito uma coisa difícil, não concorda comigo? Só faltou o Bigode, tão jovem e tão rabugento! Bem... a banda começou com uma marcha de Souza que, se não é lá muito brasileira, puxa pelo civismo. Depois enfileirou um pot-pourri de marchinhas carnavalescas antigas. Todo mundo parou para escutar, e o saguão ficou lotado. Quando vi que a lotação tinha alcançado o limite, fiz um gesto para que eles parassem e outro para que Gringo (já com a roupa de flamenco) trouxesse o microfone. Respirei fundo e, quando comecei a falar, o microfone produziu um fuíííınnnnn tão ardido que todo mundo tapou os ouvidos. Depois soltou um leve estampido e calou. Minha voz não amplificada pareceu pequena para dominar a multidão. Acenei desesperadamente para Gringo e corri até a banda. Pedi para tocarem alguma coisa enquanto Gringo dava um jeito no microfone, e eles muito alegremente tocaram uma polca. Eu estava tão suado que algumas manchas escuras começavam a aparecer na região do sovaco, mesmo com o paletó azul-marinho. O meu medo era de que as pessoas se dispersassem antes que eu explicasse a que vinha tudo aquilo, qual o significado daquela coisa toda. Gringo fez um teste vocal e o som agora estava em ordem. Pedi, uma vez mais, silêncio para o pessoal da banda, e pronunciei aquele discurso que transcrevi no memorando 001058. Algumas palmas aqui, outras ali. Então dona Janice, agora a pedido do Gringo, ligou o gravador e um violão flamenco reverberou no saguão. O espanhol fez um gesto para abrirem espaço com uma expressão tão violenta que a multidão recuou assustada. Daí ele deu um salto no meio, já sapateando com ferocidade, os braços para cima, empinado como um galo de briga no meio do terreiro. Um "*Oh!*" cortou o ar quando um vestido vermelho riscou o espaço carregando a Pilar dentro, armado nas pernas e justo na cintura. Os cabelos dela, presos por um pente, deixavam cair um pega-rapaz no meio da testa. Suas mãos pareciam ter vida própria, batucando as castanholas com vitalidade. O número só não foi cém por cento porque, lá pelo fim da performance, a Pilar fez um gesto vigoroso com o pé e seu sapato saltou fora, descrevendo uma parábola até o meio da multidão, obrigando-a a terminar o número manquitolando. Ainda assim foram aplaudidíssimos. Depois disso entrei no escritório que pela primeira vez, para minha alegria, fervia de gente! Constatei uma verdade da promoção de eventos: se Vossa Senhoria quer realmente reunir gente, apascente! Os salgadinhos do Juarez foram um sucesso. Durante todo o dia, até o fim do expediente, o escritório esteve cheio de colegas curiosos. Explicamos tudo, pacientemente. E aí, Vossa Senhoria, escutei alguns pequenos comentários, não sei se maldosos, que me deixaram preocupado. Coisas como: "*Para que serve isso?*" e afins. O que será isso, Vossa Senhoria? Por que essa má vontade? E, como disse o Poeta: "A *má vontade não elogia!*". Pensei que eram elementos de outras áreas invejosos da nossa performance, e aquilo me doeu fundo! Como é difícil de suportar o sucesso de outrem! O Vate deve ter alguma outra frase sobre isso, mas estou muito chateado para ficar procurando no livro. Outra coisa negativa do dia foi um bafafá causado pela Pilar, que flagrou uma moça do Arquivo dando em cima do marido e saltou em cima dela como uma ave de rapina. Quem viu ficou impressionado com a agilidade com que ela cravou as unhas no pescoço da sirigaita. Mas o Gringo carregou a Pilar aqui para dentro e meteu-lhe duas taponas que a tranqüilizaram de imediato. Bem... Depois, aos poucos, a multidão foi se dispersando, mas durante todo o dia pessoas ainda vinham nos visitar para ver se matavam os salgadinhos restantes. Agora todos se foram. Valdir foi com a mãe, de táxi. Fiquei para dar uma ordem em tudo. E cá estou, no influxo da celebração. O Cabeça continua ouvindo a *Hora do Brasil* como se não tivesse acontecido nada. Vou alimentar o Xô e depois pego o caminho da roça. Estou acabado.

MEMORANDO 001061

Caro Senhor,

Desculpe se não escrevo um memorando há quase uma semana. Tenho estado pensativo. E preciso me abrir agora. Durante esses meses tenho admirado — e creio ter enfatizado isso diversas vezes — o seu método silencioso de condução da nossa repartição, mesmo porque senti que ela cresceu, ganhou forma, transformou-se positivamente. E mais: adquiriu característica própria, sendo um lugar onde não apenas se trabalha, mas se vive. Eu mesmo tornei-me mais perspicaz e mais abrangente no meu entendimento das coisas, não só pelos inúmeros livros que tive de ler, como pela experiência de comandar este departamento. Só para Vossa Senhoria ter uma idéia, antigamente eu levava um mês para completar todas as palavras cruzadas do Cruzadão Coruja (série Ouro), e hoje mato a bicha em questão de dias, tantos foram os conhecimentos que adquiri. E todos têm aqui sua personalidade respeitada, não são apenas um número. Mas agora, quando nossa própria razão de ser está sendo posta em jogo, preciso de uma resposta concreta e de boca a ouvido, olhos nos olhos. Enfim, preciso conversar seriamente com Vossa Senhoria para sanar de vez todas as dúvidas que nos últimos dias têm me consumido: servimos para quê? Ouvi mais comentários maledicentes no elevador a respeito da nossa performance do outro dia, alguns chegando mesmo a rir sardonicamente ao referir-se ao evento, veja, Vossa Senhoria, como algo ridículo, até mesmo grotesco. Mas isso é questão de gosto estético e não atinge o mérito da questão, pois o objetivo de tal evento foi antes promocional do que cultural. O que mais me doeu — e doeu como um fel que, inoculado no ouvido, descesse ao coração — foram os comentários sobre a inutilidade e até mesmo o absurdo do nosso departamento. Alguns falavam que tudo que alguém precisa pesquisar ou está nos Arquivos ou na Internet e que não havia necessidade de um setor que faz relações totalmente absurdas entre as coisas. E uma ponta de dúvida amargou meu sono na noite passada: estarão eles certos? Mas por que, então, nós existimos no seio desta nobre instituição? Sei que se alguém detém qualquer resposta esse alguém é Vossa Senhoria, e por isso peço uma entrevista em caráter urgente, pois trata-se de *por que* as coisas são feitas, e não de *como* elas são feitas, e se vosso silêncio tem sido revelador no modo como devo conduzir o departamento, falha na explicação desse porquê último, com que não atino por recursos próprios. Aguardo esperançoso vossa resposta.

MEMORANDO 001062

Caro Senhor,

Fico triste com a falta de resposta e sei que esta atitude possui a boa intenção de exigir o máximo dos meus esforços, mas, como já havia dito em memorandos passados, acho que cheguei ao limite da minha modesta compreensão das coisas. E os acontecimentos de hoje cedo ainda pioraram mais este meu estado de ânimo, que se encontra deveras oprimido. Como Vossa Senhoria deve estar ciente, ocorreu neste dia o falecimento do funcionário Élito, nosso querido Cabeça. Dona Janice encontrou-o já sem vida ao chegar, e teve uma crise de nervos que ecoou por todos os corredores desta instituição, segundo me foi relatado mais tarde. Quando eu entrei no escritório ela ainda tremia e chorava, de nariz escorrendo, rímel borrado, as flácidas bochechas tremelicantes, indefesa ao ponto mais extremo, mal podendo me explicar tudo o que se sucedera. Alguns funcionários já haviam tomado as devidas providências e não vi o Cabeça. Bem, não é preciso dizer que foi um choque para todo o nosso quadro de funcionários menos para o Bigode, que não estava presente mas que, com certeza, há de ficar quando inteirar-se do acontecido. Quem estava mais desolado era o Cícero, pois passava muito tempo conversando com o seu Élito, quer dizer, ele falava e o Cabeça ouvia, sempre meneando a dita cuja, sorrindo de tudo. Os dois costumavam também jogar palitinho e dividir as seções de esportes do jornal. Dispensei toda a equipe e fomos juntos até o Quarta Parada, onde o corpo iria encontrar seu último abrigo, enquanto a alma, tenho certeza, estará em breve — se não está neste momento — no regaço do Criador, que tem pelos humildes particular simpatia. Afinal, o Cabeça colocou — e o digo literalmente — alguns tijolos na construção desta nossa cidade imensa! Possamos nós dizer o mesmo ao fim de nossas jornadas. Até.

MEMORANDO 001063

Caro Senhor,

Mais três dias sem vossa resposta. Insisto: quando é que Vossa Senhoria pode me conceder uma entrevista? Preciso de orientação, pois acontecimentos estranhos estão me fazendo trocar o norte pelo sul. Ontem à noite estávamos, eu e Ninha, começando a ver o jornal quando Valdir apareceu na companhia de um policial soturno, de barba e bigode. Ninha já ia entrar em desespero, achando que Valdir tinha aprontado alguma coisa, quando percebi que o policial não era ninguém mais do que o Ebenezer, o Bigode, em mais um dos seus múltiplos disfarces. Ele estava mais sério do que o costumeiro e explicou que precisava escapar, fugir de verdade, varar fronteira, porque agora a coisa tinha ficado séria e nem mais no apartamento da avó ele podia ficar. Fora rastreado com a ajuda de outros hackers que ajudavam a Polícia Federal e era questão de dias, talvez de horas, para que fosse pego. Disse que tinha muitas coisas para me contar, mas no momento só pensava em fugir. Falaria o que sabe para o Valdir, na estrada. "*Que estrada?*", esganiçou Ninha. Então Valdir disse que ia levar o Bigode até a Cuidad del Leste, no Paraguai, onde ele tinha conhecidos. Ninha ia começar a fazer uma encenação trágica quando eu interrompi dizendo que tudo bem. Afinal, amigo é para essas coisas. Bigode agradeceu e me estendeu um envelope com uma carta para ser entregue à sua mãe e uma caixa de papelão, pedindo que eu a guardasse com cuidado. Dentro desta caixa havia arquivo de disquetes grande, com chave, onde estavam estocados uns cem disquetes, todos etiquetados. Havia também uma folha com explicações. Insistiu para que eu guardasse aquilo muito bem. Ninha convenceu os dois a comerem alguma coisa antes de pegar a estrada e, não contente com isso, preparou um farnel com pão, requeijão, café e bolachas para os dois enfrentarem a longa distância. Afinal, a intenção dos foragidos era evitar parar até cruzar a fronteira. Contamos o que aconteceu com o Cabeça e Ebenezer lamentou. Depois partiram e Ninha foi para o quarto sofrer sozinha suas inquietações maternas. E hoje eu estou aqui vendo o material que o Bigode me deixou, totalmente pasmado. Ainda estou nos primeiros disquetes e quando tiver um quadro geral, comunico a Vossa Senhoria, pois é assunto de sigilo! Ah! Também entreguei a carta do Ebenezer para dona Janice e, quando esperava seu choro habitual, eis que ela me surpreende com um suspiro resignado e um risco amargo onde antes havia lábios. Sem mais.

MEMORANDO 001064

Caro Senhor,

Passei o dia todo pensando onde poderia enterrar aquela caixa de disquetes, pois ela é como dinamite: se explodir vai ser caco para todo lado. E também porque ela me dá náuseas. É fruto de todas as incursões do Bigode por sistemas fechados de grandes instituições. Um levantamento das corrupções que correm por aí e cujos efeitos constatamos quando aparecem nos telejornais, como tem acontecido cada vez mais amiúde, mas sempre com aparência ambígua, sem provas definitivas. E aqui estão todas as provas de tudo quanto é feito, colhidas não só nos computadores públicos como privados, pois o Bigode conseguia não sei com que artes investigar e penetrar no segredo dos discos rígidos, uma vez que os encontrasse conectados na rede. E não se trata dessa ou daquela instituição, nem de um ou dois cafés pequenos. É algo abrangente, grande mesmo, que envolve desde a Câmara até o Palácio, passando por toda a rede pública, o negócio da fiscalização dos carros, a Previdência, figuras que se organizam hierarquicamente e que chegam a altos escalões civis e militares, extrapolando nossa cidade e chegando ao coração da capital do nosso país. Está tudo lá, tudo conectado, tudo ligado, tudo relacionado. Sei que posso confiar a Vossa Senhoria esse segredo. Recrimino a invasão da privacidade feita pelo nosso funcionário, mas não posso deixar de ficar alarmado com o que ela revela. E não sei como agir ao me ver de posse dessas informações. O que faço com essa caixa? Atiro no Tamanduateí? E por que nossa repartição tão ignorada tem que guardar tão explosiva carga? Mais do que nunca preciso, diria mais, exijo, uma entrevista com Vossa Senhoria. Aguardo posição.

MEMORANDO 001065

Caro Senhor,

"Quando não é posta à prova, a paciência dura!", e a minha já o foi o suficiente! Espero que Vossa Senhoria entenda a minha posição. Estou aqui, no meio da tarde, e a única pessoa que entrou neste escritório foi uma senhora que queria saber se dona Janice ainda fazia os pés neste local! Valdir e Bigode desapareceram no mundo e não tivemos mais notícias. Ninha está em estado de desespero sem notícias do filho, querendo ir à polícia, e não sei

mais o que fazer para detê-la. Meu principal argumento é que não sabemos de fato o quanto Valdir está envolvido naquela confusão do Bigode. Minha mulher já está tomando calmantes. O inverno veio para valer, e este escritório é muito úmido. Sinto uma velha nevralgia no braço e estou ainda sob o impacto dos disquetes que não paro de olhar. Estão bem aqui na minha frente, encarando-me de volta, sinistros. O que eu faço com eles? Enterro na serra da Cantareira? Mas o que é pior: não suporto mais trabalhar sem que me sejam esclarecidas certas questões a respeito da Serviços Interinos. Quero conversar com Vossa Senhoria amanhã mesmo!

MEMORANDO 001066

Caro Senhor,

Chego hoje e ainda não encontro aqui nenhuma resposta. Por mais que tenha respeito por Vossa Senhoria, isso já chegou a um limite e daqui não pode passar. O que mais devo fazer? Atear fogo às vestes? Pendurar-me no alto deste edifício por uma corda? Despir-me no saguão principal? Iniciar uma greve de fome? Praticar a automutilação? O que de desesperado posso fazer para chamar vossa atenção, para que consiga uma entrevista importantíssima, fundamental mesmo?! E já cansei de sugerir prazos razoáveis. Chega! Quero falar com Vossa Senhoria hoje mesmo. Se necessário for invadirei sua sala! Jogarei a porta ao chão! (Ou pedirei para o Gringo desaparafusar as dobradiças.) Comuniquei essa decisão ao meu quadro de funcionários e todos reagiram pessimamente. Estão até agora tentando me demover desta idéia, que consideram suicida. Mas minha paciência se esgotou. Estou pelas tabelas. Estou soltando fumaça pelas ventas. Proponho o seguinte: vou até o Juarez almoçar, dou um tempo, tomo o café devagar e volto. E quando voltar gostaria de ter uma resposta positiva para o meu pedido. Se isso não acontecer, eu juro que invado sua sala. De hoje Vossa Senhoria não me escapa! Até já!

MEMORANDO 001067

Caro Senhor...

Então é isso? Então tudo não passava disso? Agora percebo... agora as coisas lentamente começam a fazer sentido. Todos me olham: dona Janice, o Gringo, Cícero... todos estão preocupados com minha reação! Agora eu sei... De início foi um choque. Antes do choque foi a dor, porque fui contra a porta com o meu braço que está com nevralgia. Nada. Olhei para o Gringo, que olhou para dona Janice, que olhou para o Cícero, que olhou para o chão. Então botei na minha cara uns traços de autoridade definitiva, de "aqui-e-já!", de "não-me-desobedeça!", de "não-estou-para-brincadeira!", que todo pai, mesmo o mais molenga, aprendeu a fazer na marra. O Gringo deu um suspiro, grunhiu um "mierda", mas foi apanhar sua caixa de ferramentas. Veio capengando, relutante, contra a vontade, mordendo a ponta do bigode e começou a tentar abrir a porta, o que não foi tarefa fácil. Afinal, conseguiu fazer a chave girar graças a um arame. Mas a maldita continuava emperrada, provavelmente pela falta de uso. Então ele meteu um chute, que fez a porta se abrir de vez, num rangido meio assombrado, e eu entrei de assalto no vosso esconderijo. E a revelação: aquele monte de memorandos no chão, centenas deles. E a sala vazia. Nada além de um armário e um arquivo, ambos vazios. E a escrivaninha... também ela vazia! E que escrivaninha! Mixuruca, revestida de fórmica, nada daquele móvel pesado, de mogno! E onde as estantes com a vetusta literatura? Onde o ambiente sereno e culto? E onde... onde a vossa presença? Por que me esconderam isso? Por quê? Fiquei um tempão parado, tentando entender esse lugar horrível, descarnado, sem personalidade. Uma salinha de nada, de ninguém! Uma farsa! Cícero tentava me puxar pelo braço. Mas eu não queria sair de lá, como se aquilo fosse uma ilusão que se dissiparia em seguida. Nem sei por que estou escrevendo este memorando agora. Todos me olham... todos estão esperando que eu termine... e eu nem sei como encerrar, pois nem sei mais de quem me despedir...

MEMORANDO 001068

Caro Senhor,

Já se passou um dia da horrível revelação. Todos continuam preocupados comigo. Sinto os olhares cobertos de abjeta compaixão pela minha pessoa, só porque estou aqui na minha escrivaninha redigindo um memorando. Eu sei, a pessoa para quem escrevo, ou seja, Vossa Senhoria, não está aí na sua sala, não existe. E nunca existiu, durante todo esse tempo, e eu sempre escrevi. Mas agora o que espanta a todos, eu sei, é que eu continue escrevendo, mesmo sabendo disso. Em casa, a Ninha me trata com cuidado. Pediu-me que não viesse ao trabalho hoje. Vi que ela e Valdir cochichavam na cozinha. (Ele retornou do Paraguai durante a madrugada de ontem.) E quando cheguei aqui, todos foram muito atenciosos comigo. Ninguém sabe como agir. Ficam me espiando, me atirando uns olhares compridos, me marcando à distância, enquanto redijo este memorando para Vossa Senhoria. E eu sei o que eles estão pensando. Sei claramente. Acham que enlouqueci. Ou que estou tendo algum tipo de esgotamento nervoso por causa da súbita revelação. De fato, é um pouco verdade que tenho estado e ainda estou com os nervos à flor da pele, mas não é verdade que esteja alucinado por estar escrevendo este memorando. Eu me conheço bem, a idade tem essas vantagens. Conheço cada palmo de mim mesmo. Eu enlouqueceria, isso sim, se não escrevesse o memorando. Preciso vir aqui até o escritório. Preciso sentar à minha escrivaninha e preciso redigir este memorando, como fiz com grande prazer todos os dias nesse ano e meio. É absolutamente necessário que eu o faça. Espero que Vossa Senhoria me compreenda. Não posso interromper este relacionamento que me tem sido tão caro! Volto amanhã!

MEMORANDO 001069

Caro Senhor,

A preocupação de todos prossegue. Em casa, Ninha insiste para que eu tire umas férias. Mas eu não quero. Aprendi a gostar da minha rotina. Ela me organiza. O Valdir, com muito cuidado, procurou me esclarecer tudo, achando que desse modo, entendendo o que realmente se passava, eu pudesse reagir melhor. Ele explicou que a Serviços Interinos não passava de uma criação do Bigode (o próprio lhe contara isso em detalhes durante a fuga para o Paraguai). Algo que ele gerara com sua capacidade de penetrar e interagir com sistemas fechados. Na verdade, havia existido um departamento nesta nossa salinha, anos atrás. Aqui tudo me parece nebuloso, pois entram questões da vida digital que me escapam, mas parece que o Bigode constatou, numa de suas invasões, que os dados do tal departamento ainda constavam dentro do sistema e começou a administrar à distância, jocosamente, como um pirata cibernético. Inventou cargos, gerou holerites, fez licitações — e vejo nitidamente seu riso sardônico atrás disso tudo. Fez tudo com discrição, criou uma folha de pagamento compatível, com salários modestos, para não chamar a atenção. O cargo de Gerente de Assuntos Relacionados era ocupado apenas por um nome. Não havia um gerente físico, por assim dizer. E tudo corria bem até que por algum engano, eu, que prestara concurso para o Almoxarifado, fui colocado na vaga de gerente criada pelo Bigode. Vossa Senhoria entendeu o que se passou? Eu fui o engano nisso tudo. Se eu não tivesse aparecido, por um desvario digital, a Serviços Interinos manteria até hoje sua discreta atuação. Agora sim, sei por que o Ebenezer se horrorizava toda vez que eu queria promover algo espalhafatoso. Agora entendo muitas coisas, muitas reações, vendo tudo com o que sei no momento. Mas o que eles não conseguem compreender é que eu simplesmente não posso destruir essa imagem tão sólida que construí dentro de mim e que me é tão valiosa: a imagem de Vossa Senhoria! Por isso, apesar do que possam pensar todos, estarei aqui todos os dias. Como já havia confidenciado, sou um homem aferrado aos meus hábitos: vou sempre à missa, leio o jornal todo dia na mesma hora, não consigo abandonar um livro antes do fim, mesmo que seja o mais enfadonho dos livros. Preciso estar aqui fazendo tudo isso que sempre fiz, seguindo aquilo que disse o Poeta Maior: "*Um hábito alterar é alterar tudo*". Mas, acima de tudo, preciso preservar este momento em que falo com Vossa Senhoria! Sem mais para o momento.

MEMORANDO 001070

Caro Senhor,

As coisas me vão sendo reveladas aos poucos e meu entendimento parece um carro que pega aos trancos. Agora vem a dona Janice esclarecer que nunca houve outras "dinastias" de secretárias, que foi sempre ela e só ela, pois foi para ela que o filho criou esse lugar. E ela só me inventou aquela história para tornar mais nebulosa a vossa presença aqui. Todos tinham medo de que, se eu descobrisse logo que Vossa Senhoria não existia de fato e que o departamento era uma invenção, terminasse por delatar e acabasse com algo que já tinha sido absorvido pela burocracia da instituição, algo de que ela não se dava conta, um local obscuro, uma salinha desativada, uma porta escondida debaixo de uma escada. Com o tempo, acho que o Bigode foi vendo que eu não oferecia grande perigo, que eu era mais de falar do que de agir e que estava muito contente em ser gerente de alguma coisa. (O que Vossa Senhoria sabe que é bem verdade, afinal.) E isso tudo, como já narrei a Vossa Senhoria no memorando anterior, havia divertido demais o Bigode, era o seu grande triunfo, e foi a razão do galardão que recebeu da comunidade internacional de hackers, pois havia conseguido a proeza de não só penetrar e descobrir os segredos de um sistema, como também de interagir nele. E sei que isso para ele não vinha apenas da necessidade de ganhar algum dinheiro, mas de desmoralizar. Ele tem grande prazer nessa coisa. Ele gosta disso. Aprecia essa atividade de mostrar os podres, de driblar, de enganar. O danado não conseguira colocar em disquetes toda a vida oculta da corrupção pública e brincado com a corrupção, corrompendo ele mesmo? E há uma raiva nele. Agora suas reações me parecem mais claras. Será que está bem, onde estiver? Que coisas mais terá feito no silêncio das madrugadas? Que segredos terá desvendado? Que vírus terá criado para destruir sistemas? Valdir não sabe ou não quer me dizer. Não consigo parar de pensar em alguém que criou este lugar, possibilitando que eu criasse a ilusão da vossa presença na sala ao lado. Tudo existe só na imaginação, mas tem uma vida consistente a ponto de gerar uma folha de pagamento e mexer com as expectativas mais profundas.

MEMORANDO 001071

Caro Senhor,

As pessoas que me cercam continuam levemente sobressaltadas. E embora possa soar um tanto esquisito a Vossa Senhoria, esse negócio de parecer louco tem um lado meio divertido. O pior é que eu tenho mesmo vontade de rir, algumas vezes. Por exemplo, quando sinto que todos me observam, espreitando minhas reações. Todo aquele cuidado com a minha pessoa. Hoje, no meio da tarde, eu levantei o rosto do jornal que estava lendo e lá estavam eles me observando analiticamente: dona Janice, Gringo, Cícero, meu filho Valdir. Até o Xô parecia me olhar com alguma inquietação. Sorri. Recebi de volta os quatro sorrisos mais solícitos que já ganhei em toda a minha não curta existência. Como Vossa Senhoria sabe, nosso espaço é exíguo. Então, se vou ao banheiro, quem quer que esteja no caminho, abre passagem de um modo tão absolutamente educado, que eu me sinto como se fosse alguma majestade real e eles simples vassalos obstruindo a minha trajetória. E sempre sorriem; sempre! De fato, vivo dentro de uma paisagem sorridente. Para todo lado que me viro deparo com o brilho dos esmaltes, com gengivas à mostra, com obturações malfeitas, pontes, incrustações, jaquetas; paisagem algumas vezes, como no caso de Gringo, um tanto descontínua. Ou mesmo inesperadamente verdejante, como o sorriso que recebi de dona Janice hoje, no momento em que ela retornou do almoço no Juarez, quando, dando prosseguimento à sua eviterna dieta, comeu apenas uma salada de brócolis. Por que minha sanidade não ganhava tantos sorrisos assim? Será que a vida seria mais gentil se todos nós passássemos a sofrer de alguma morbidez emocional? Se bem que algumas vezes tanta delicadeza parece esconder um certo receio. Digo isso porque quando cheguei perto de dona Janice esta manhã, percebi que ela se tornou um tanto tensa. De propósito, fiz um gesto abrupto e ela soltou um pequeno grito. Será que achou que eu iria atacá-la como se fosse uma maníaco de filme de terror? Algumas vezes tenho vontade de fazer uma coisa bem louquinha, sei lá, revirar os olhos, babar, fazer "dãã", só para ver o que isso ocasionaria à minha volta. Mas o certo é que pareço estar sentindo uma espécie de alívio no ar. É como se todos passassem a me julgar como esses loucos mansos, pois estão vendo que existe um *"método na minha loucura"*. Ninha, Pináculo e meu filho Valdir percebem que estou normal na minha relação com eles, nas conversas e em tudo o mais. Minha conta bancária está sendo rigorosamente administrada e louco que não queima dinheiro tem grandes chances de receber alta. Os funcionários estão apenas querendo garantir que num ato de loucura eu não vá delatar a inutilidade de nosso departamento. E quando percebem que venho todo dia, sento, leio jornal, continuo aumentando nosso banco de dados, redijo o memorando, sentem-se também eles seguros com essa rotina e compactuam com a minha loucura, ou com aquilo que pensam ser a minha loucura e agora temem, talvez, que eu possa me tornar novamente lúcido e, aí sim, tomar a atitude que eles mais temem e a única que eu deveria tomar: encerrar de uma vez com as atividades inúteis deste departamento. Sim, temem a minha sanidade, pois tão alucinada é a nossa realidade, que eles me preferem louquinho de pedra. E mal sabem eles que o que acham ser loucura, isso de escrever memorandos para ninguém, embora o pareça de fato, é meu compromisso com a lucidez. E falando em loucura, voltei a ouvir aqueles mugidos nostálgicos. Será que estou mesmo batendo pino? Mas já os escutava antes. Bem... ou eu não era tão lúcido ou existe alguma vaca por aí, numa sala esquecida, aguardando a finalização de algum inventário de uma fazenda em Goiás. Bom, vou tomar um cafezinho no Juarez e se não vos convido é simplesmente porque Vossa Senhoria é feito do *"material de que são feitos os sonhos"*. Olé!

MEMORANDO 001072

Caro Senhor,

O mundo é uma coisa cambiante, metamórfica e transformista. Veja como são as coisas: Pináculo veio até em casa ontem à noite me alertar sobre meu irmão Formoso. Disse que o nosso "mano" está muito diferente, não só pelas roupas sérias, como pelas palavras difíceis. E sabe o que ele me disse? Que Formoso quis saber em detalhes tudo o que aconteceu por aqui, que ficou de queixo caído, e mais: escandalizado! Percebe Vossa Senhoria que agora meu irmão Formoso também deu de ficar escandalizado? Uma lagarta que se transforma em borboleta não sofre uma metamorfose tão profunda como essa! Agora, pelo que disse Pináculo, ele faz parte da onda moralizadora! O que não faz um homem para se dar bem na vida. É capaz de vender a mãe! É capaz de trocar de time! É capaz de desdizer hoje o que afirmou categoricamente ontem. Não concorda Vossa Senhoria? De modo que agora tenho que me esconder de meu irmão, porque ele deve visitar nosso departamento com olhos de vestal! E quem sabe até não nos delataria, só para ganhar alguns pontinhos na sua nova carreira? Mas Vossa Senhoria também está sofrendo uma pequena metamorfose, sinto informar. Construí com tantos detalhes vossa presença, coloquei tanta alma na minha construção, que nas horas mais calmas da tarde era capaz de jurar que ouvia o leve arfar da vossa respiração na sala ao lado. E fechando os olhos via vosso rosto ponderado, vosso nariz grosso, sanguíneo, e até as veias mais salientes do vosso rosto. Mas, acima de tudo, percebia a generosidade da vossa presença. A grande estatura da vossa alma. Vossa bondade natural. A atenção que Vossa Senhoria dedicava à leitura de cada memorando que eu vos mandava. O modo sério como analisava minhas decisões. O carinho profissional e humano que tinha pela minha pessoa. Quando redigia meus memorandos, procurava sempre estar à altura da vossa sapiência, mesmo sabendo que isso era impossível para mim. Mas agora vossa imagem parece menos nítida, mais rarefeita, sem aqueles traços tão nítidos com que reforcei, ao longo desses meses, vossa benigna expressão. Em alguns momentos não recordo mais de vossa fisionomia. E hoje não consegui me recordar nem ao menos do som de vossa voz! Aquela voz inconfundível, grave, pausada, serena. Aquela voz que, na verdade, eu nunca ouvi.

MEMORANDO ESQUECI O NÚMERO! (AH! AH!)

Caro Senhor,

Que mudança! Até há bem pouco tempo eu estava alucinado querendo promover nosso departamento, querendo que ele fosse tão popular quanto o Arquivo ou o Xerox ou o Almoxarifado. Hoje quero ocultá-lo, como queria o Bigode! De fato, Pináculo me ligou avisando que Formoso estava vindo para cá. Então ordenei ao Cícero (que tomou o lugar do Cabeça na portaria, herdando inclusive seu radinho) que trancasse a porta. Exigi silêncio absoluto. Todos me obedeceram (e descobri que produzo neles, como o siderado que pensam que sou, mais respeito e prontidão do que quando me julgavam razoável). Horas depois, vieram as batidas na porta. Reconheci a voz rouquenha do meu irmão me chamando. Reforcei o pedido de silêncio com um gesto do indicador e permanecemos todos encorujados, mal respirando, até que Formoso desistiu. Então coloquei Cícero de prontidão na porta, vigiando, com ordem de avisar a cada chegada de Formoso. E meu irmão voltou mais duas vezes naquele dia e a farsa se repetiu. Me senti vitorioso. Mas dona Janice perguntou se a gente ia ter de ficar nesse esconde-esconde todos os dias. Então o Gringo sugeriu que mantivéssemos a porta sempre trancada. Se algum de nós quisesse entrar deveria bater numa espécie de senha, com sete toques ritmados. Achei a idéia boa e decretei que daquele dia em diante deveríamos passar sempre despercebidos. O que Vossa Senhoria acha? Bem, pode achar o que quiser porque tanto faz mesmo! Até!

MEMORANDO CÍNICO

Caro Senhor,

Vossa Senhoria deve ter notado, do alto da sua orgulhosa inexistência, a minha mudança de tratamento, mais cínica, menos terna em relação à vossa pessoa. Deve estar sentindo, perspicaz que é, uma diferença em mim. Eu, que era pudico, responsável, agora aceito com facilidade sugestões absurdas como aquela do Gringo de trancar a porta. Bem, vou contar uma cena que aconteceu comigo anteontem. Vossa Senhoria tem paciência de escutar? Se não tiver, escute assim mesmo. Lembra-se do aguaceiro? Daquele aguaceiro inesperado e fora de hora que caiu sobre a cidade, durante mais de quatro horas? Disseram que tinha sido obra do "El Niño" (porque nem estamos ainda na estação das grandes águas). O certo é que deixou parte da cidade sem luz e um verdadeiro caos no trânsito. A Marginal ficou paralisada. E sabe onde eu estava? Na Marginal. Foi apavorante. Justo quando começou a escurecer, a água passou a subir mais forte do rio e debaixo de certas pontes formavam-se grandes poças. Alguns carros ficavam indecisos se atravessavam ou não aqueles lagos, receosos de que seus motores morressem. Eu mesmo fechei os olhos e quando chegou minha vez fui com tudo, espirrando água para todos os lados. Passei. Mas logo em seguida fiquei parado por quase quarenta minutos, perto da ponte da Casa Verde, aonde eu iria embicar. Aí a água começou a subir, a subir, a subir e quando olhei pela janela já tinha coberto parte das rodas. Até aonde ia aquilo? Já me imaginei afogado ao volante, na foto de algum jornal popular. Vi que uma senhora ao meu lado passava pelo mesmo drama e nos olhamos sem saber se abandonávamos nossos veículos à sorte e salvávamos a pele, mas com isso o congestionamento se agravaria. Resisti até onde pude, fechei as janelas e fiquei observando o rio subir. Então o motor do meu Opala fez um som parecido com um "blurb" e soltou uma fumaça. Senti que havia perdido aquele companheiro de tantos anos definitivamente. À frente vi um carro começar a ser arrastado e olhei para a dona do carro ao lado. Abandonamos nossos veículos ao mesmo tempo. A situação era catastrófica. Chovia demais. Raios espoucavam. Mesmo na parte mais alta da pista a água já ia pelas canelas, e fomos saindo dali desorientados pelo coro de centenas de buzinas. Acabamos subindo a ponte da Casa Verde, de onde pude avistar meu Opala adernando. Outras pessoas abandonavam seus veículos. No alto, dois helicópteros cruzavam os ares, provavelmente fazendo a reportagem daquele caos para quem já estivesse na segurança do seu lar. Do alto da ponte, com a visão daquela imensa centopéia formada pelas centenas de faróis, eu parecia saber o que se passava na cidade toda. Sabia o que aqueles telejornais estavam falando: do imenso congestionamento, mas não só isso, falavam também, com certeza, de algum alagamento com cenas de coragem, onde alguém salvava alguém de algum lugar em que algum morro desbarrancava e alguém ficava sem casa e alguém perdia alguém que foi soterrado; e outro alguém, cuja casa era invadida pelas águas aparecia chorando, gritando que perdeu tudo; eram milhares de centenas de alguéns que já apareceram várias vezes, sempre alguém diferente, mas sempre igual nisso de ser alguém que teve alguma tragédia parecida e todo ano, vários anos, e eu nem me lembrava de quando tinha visto aquelas notícias e sabia que continuaria vendo a cada ano tudo se repetir, e não só isso. Passava na minha cabeça aquelas reportagens do jornal da noite a que eu e Ninha sempre assistimos juntos. E me veio na lembrança a cara dela e o jeito apiedado que ela costumava comentar: "*Nossa, Magro, você viu isso?*". E o repórter mostrando a escola toda esburacada e ela: "*Que coisa, hein, Magro*". E a reportagem da mulher que ficou na mão no Posto de Saúde. "*Você viu só isso, Magro?*", e balançava a cabeça. E, naquele mesmo momento me veio a lembrança dos disquetes que o Bigode tinha me dado para que eu guardasse e aquela lama se sobrepôs a essa e eu vi que não havia governo, que nenhum governo resolvia as coisas de sempre, que apenas cuidava de manter-se no governo (e de, saindo dele, retornar), e a gente estava por nossa conta e risco, não havia alguém tomando conta, não havia nenhuma autoridade olhando com atenção para as coisas, e naquela hora eu dei uma risada e a mulher do meu lado foi mais uma que achou que eu estivesse ficando maluco. E antes estivesse, caro Senhor, porque aquela gargalhada não era dessas que gente louca dá, sem tino, nem juízo; antes era uma risada com lucidez, mas uma lucidez enviesada, porque naquela hora eu não estava enlouquecendo, naquela hora eu estava ficando cínico. E tenho dito!

MEMORANDO CÍNICO – PARTE DOIS

Caro Senhor,

Nunca diga dessa água não beberei, porque a vida faz a gente beber justo aquela que a gente mais achava que não ia beber nunquinha. Falo isso a Vossa Senhoria, porque estou achando a maior graça nessa história de o Formoso ter entrado para a política e também do fato de ele agora querer me achar e não conseguir e ficar bravo com isso. Outra noite ele foi lá em casa perguntar se não se trabalhava mais na Serviços Interinos. Eu disse que o departamento tinha fechado e ele fez uma cara desapontada e também uma expressão de desconfiança, porque de bobo ele não tem nada. E eu ria por dentro da cara dele e também da cara da Ninha, que não estava entendendo patavinas. Afinal, eu saía toda manhã dizendo que estava indo para o trabalho. E aí ficou claro que o danado estava mesmo querendo me ferrar. Eu podia ler nos seus olhos que a sua vontade era flagrar a gente para denunciar ao comitê de moralização daquele seu partido. Mas ia ter que jambrar para me pegar. E agora reforcei para todos a necessidade da senha. E fomos mais longe, íamos chegar em horários diferentes para não nos aglomerarmos na porta, usando sempre roupas discretas (o que incomodou principalmente dona Janice). Ninguém nos notaria, passaríamos despercebidos, funcionários invisíveis, transparentes contra o fundo das paredes, vidros humanos atravessando o saguão sem ser notados. Mas da porta para dentro a atividade é incessante. O boy Cícero quase perdeu sua casinha no Jardim Joara naquela enchente do outro dia, e agora resolveu dormir durante a semana por aqui mesmo, como já fazia antes o Cabeça. Nos fins de semana ele vai buscar mais "material". Isso porque armou uma banca de ervas e raízes num canto do escritório. Muitas pessoas achacadas por cálculos renais ou por excesso de gases vêm até aqui comprar. Dona Janice, num outro canto, recebe funcionárias para fazer pés e mãos. O Valdir dá aulas de informática para adolescentes a um preço competitivo, e também utiliza nosso banco de dados para fazer pesquisas escolares que vende nas escolas da região. O Gringo, depois da sua apresentação no dia do relançamento, recebeu muita gente interessada em aprender sapateado espanhol, e duas vezes por semana, nas terças e quintas à tarde, afasta os móveis e dá aulas para uma pequena, mas animada turma. Xô continua sendo nosso mascote (os hamsters morreram todos). Os pássaros do Gringo ainda chilreiam discretamente, emprestando ao ambiente um quê de alguma perdida primavera. Ah! E também eu vendi alguns quadros da minha esposa. Quanto a mim, permaneço sentado diante da minha escrivaninha, lendo os livros que compro no Sebo Luís ou resolvendo alguma urgente questão de palavras cruzadas. Minha autoridade é simbólica. Sou a Rainha da Inglaterra do funcionalismo. Ah, sim... claro. Todos os que vêm aqui para falar com quem quer que seja ou para fazer o que quer que seja: pé, mão, comprar carqueja, aprender a usar o Windows, sapatear flamenco ou adquirir obra de arte, estão sempre devidamente instruídos a bater na porta com a nossa senha. Vossa Senhoria está desapontado? Pois que fique! Tchau e bênção.

MEMORANDO DE ESPANTO

Caro Senhor,

Quando vossa imagem já estava bem tênue na minha cabeça, transparente como um fantasma anêmico e eu imaginava que iria me libertar de vez de vossa presença, eis que Vossa Senhoria retorna de modo tão concreto, com carnes definidas, ossos bem estruturados — outra aparência, é verdade —, mas palpável, tridimensional, volumétrico, vivo. E isso começou faz uns quinze dias, quando dona Janice e eu fomos comer lá no Juarez e ela pela primeira vez me falou do pai do Ebenezer, o juiz com quem ela havia tido, quando mais viçosa, um ardente e sincero romance. E se ela me contou essas coisas foi porque se encontrava meio fragilizada, com o destino ignorado do filho, que não mandou mais notícias. Tirou da bolsa uma carteirinha onde havia uma foto do juiz.

Fiquei olhando aquela fotografia pasmado, um rosto que eu nunca tinha visto e com quem de algum modo eu estava enredado, uma vez que nada disto teria acontecido se não fosse pelo filho daquela ilustre figura, o Bigode. E soube até o nome: Octacílio! Octacílio Veiga Carvalhosa. Eu queria saber mais sobre ele, e dona Janice só me disse que era um bom homem. Fiquei escandalizado. Não havia ele abandonado a ela e ao filho? Ela, resignando-se, respondeu apenas que já sabia que ele tinha família e que o filho (franziu o cenho, culpada) fora um acidente. Mas aí, como para compensar a frase anterior, ficou só falando do Ebenezer e de como ele tinha sido importante na vida dela, e tudo aquilo que nem precisa ser dito porque já de antemão se sabe, a não ser, claro, que a mãe seja mulher desnaturada, o que nunca foi, absolutamente, o caso de dona Janice. Depois de um certo ponto ela se calou e me deixou curioso sobre detalhes da vida daquele juiz. Ela passou a comer em silêncio (está descendo novamente o ladeirão, como ela mesma diz quando começa a comer furiosamente) e eu fiquei cismando com o rosto, com o nome. Daí em diante, por uma peça que a minha cabeça me pregou passei a pensar no juiz como Vossa Senhoria, e foi assim, meio sem querer, tanto que só hoje me dei conta disso, e por isso estou escrevendo este memorando (fazia três semanas que não escrevia um). A figura do retrato que a dona Janice me mostrou tomou o lugar da antiga figura que eu fazia de Vossa Senhoria. Não é igual à antiga, se bem que a antiga já estava bem desfocada. (Nem poderia ser de outro modo, pois surgiu do meu puro pensamento, enquanto essa nova era de verdade, tinha sido gerada por pai e mãe e andava solta pelo mundo.) Portanto, Vossa Senhoria agora tem nome: é Octacílio, e não está nessa salinha mixuruca aí do lado, vazia, mas numa sala grande em algum outro lugar, a sala, sim, fruto do meu puro pensamento, cheia de vetusta literatura e móveis de mogno. E toda hora penso em Vossa Senhoria, bem instalado, julgando tudo como deve fazer um bom juiz, e como dona Janice garantiu que Vossa Senhoria é um bom homem, já não consigo mais fazer malcriação, nem ser tão cínico, mesmo sabendo que este memorando não chegará às vossas mãos. E agora, escrevendo, percebo mais ainda quanto vossa figura já se incrustou no dorso da minha imaginação e fica, de lá, me acenando com austeridade. E eu aceno de volta, despedindo-me.

MEMORANDO DE ADMIRAÇÃO

Caro Senhor,

Gostaria que Vossa Senhoria fosse embora, que saísse de vez da minha cabeça, mas não consigo deixar de imaginar a fotografia que dona Janice me mostrou quando penso em Vossa Senhoria, e agora as duas coisas fundiram-se de vez, pois Vossa Senhoria atual tem algumas coisas e qualidades da antiga Vossa Senhoria. Sei que estou me expressando de modo confuso, mas entenda que essas coisas não são claras, são assuntos complexos, de abstrusa explicação. Mas vou dar um exemplo que pode esclarecer: eu estava cismado com vosso nome desde que ele me foi revelado por dona Janice, no Juarez. Então a ficha caiu e fui correndo até o Sebo Luís, pois achava que já havia visto vosso nome impresso. Batata! Lá estava, numa prateleira do fundo, com outros livros de Direito usados: *História universal do Direito*, em três volumes, de Octacílio V. Carvalhosa. Comprei os três e trouxe aqui para conhecer como Vossa Senhoria escreve. Lá na primeira página estava a sua foto, mais jovem do que a que dona Janice me mostrou, mas os mesmos traços: o nariz pontudo, até agressivo, contrapondo o olhar sereno. Um rosto de quem sabe quem é, o que quer, onde está, que horas são, coisas que (a não ser, talvez, esta última) eu nunca soube responder na lata. E nessa hora percebi que Vossa Senhoria tinha retornado com força, agora com o rosto de Octacílio V. Carvalhosa. E minha admiração retornou — não como antes, é verdade — mas tingida, quiçá, de manchas. Pois antes Vossa Senhoria flutuava desprendido de laços e agora eu não conseguia deixar de pensar em dona Janice e Bigode, buscando no rosto dele traços seus (o nariz é o mesmo!). Mas quando comecei a ler o livro, senti o baque do contraste do seu vernáculo com o meu. O que mais bateu fundo foi constatar vossa erudição. Como Vossa Senhoria conseguiu estudar tudo aquilo? E não foi pouco, pois, para compor três volumes abrangendo tantos séculos foi preciso que Vossa Senhoria abraçasse muitos volumes. Virei até a bibliografia e mais me espantei, pois Vossa Senhoria faz citações de tantos livros, livros de que jamais ouvi falar, que nunca vi lá no Sebo Luís, livros em alemão, em italiano, em francês, em espanhol, em inglês e até em dinamarquês! Vossa Senhoria teria lido mesmo tudo aquilo? Todos eles? Inteiros? De cabo a rabo? Na língua original? Deve ter lido, pois folheando rapidamente o Tomo Um, vi que Vossa Senhoria cita muitos trechos de outras obras em francês e não se preocupa em traduzir. Presumo que Vossa Senhoria espere que seu público domine esse idioma. Entretanto, o que mais me espantou foi imaginar a quantidade de tempo necessária para absorver tanto conhecimento. A que horas Vossa Senhoria estudava? Supondo que tenha que ter estudado outras matérias, relativas ao seu ramo do Direito e supondo, também, que tenha vivido, isto é, tenha feito as coisas que todo mundo faz, jogado um pouco de tempo fora, passeado, namorado, ido ao banheiro, tomado um ônibus errado, almoçado, jantado, cismado, etc. etc. etc., quanto tempo lhe restava para absorver tanta informação? Alguma vez Vossa Senhoria assistiu à televisão? Foi ao cinema? Foi nadar? E quanto aos rendimentos, em que Vossa Senhoria trabalhou enquanto estudava tanto e como conseguia fazer as duas coisas? Eu, que leio muito, bastante mesmo, deixei de ler mais porque tive que trabalhar e não se consegue ler naquele ambiente, principalmente quando se é perseguido por cães enraivecidos. Mas Vossa Senhoria deve ter trabalhado também. Então, se o tempo é igual para todo mundo, deve haver algum outro segredo: uma capacidade incomum de absorver, uma facilidade incomum de aprender. E que outro modo existiria de explicar essa obra monumental que deve ter sido escrita ao mesmo tempo que Vossa Senhoria lia os estafantes autos e processos que fizeram parte da sua brilhante carreira? E olhando esses três volumes na minha frente, com suas grossas capas amarelas envelhecidas, suas páginas manchadas — visitadas por outras pessoas, provavelmente tão espantadas como eu com a sua cultura —, sinto algo como um esmagamento. Afinal somos iguais nisso de ter nariz e boca e pernas. Mas então, como se explica essa defasagem? Por outro lado, não consigo deixar de sentir admiração por alguém que fala da história dos séculos com vossa serena autoridade, como se tivesse vivido e testemunhado cada dia dessa história milenar. E se escrevo esse memorando inútil é somente para desabafar. Até algum outro dia.

MEMORANDO DE BUSCA

Caro Senhor,

Não tenho quase escrito, pois tento ler a sua obra, o que faço com dificuldade, pois Vossa Senhoria escreve frases que são quase parágrafos e parágrafos que se estendem por páginas, frases e parágrafos nos quais me perco, tendo que voltar repetidas vezes para lembrar qual era a idéia que iniciara a longa oração. E as citações em língua original, nunca traduzidas!? O que Vossa Senhoria deseja, escrever para um grupo de poliglotas? Já coloquei o livro de lado diversas vezes, mas sou tinhoso para essa coisa de ler e parece que se desisti de ler é porque o livro ganhou de mim e que não posso com ele. Também é verdade que não estou muito interessado no que o livro diz. Apenas quero sentir a vossa presença concreta, de alguém existente, que possui tamanha sabedoria. E tanta é essa vontade que fiz algo de que não me orgulho, mas procurei por vosso nome na lista e descobri vosso endereço! Não contente, apanhei minha Brasília de segunda mão (que tive que comprar, uma vez que meu Opala fiel não se recuperou mais) e fui até o Morumbi, me perdi em ruazinhas laterais, acabei entrando num favelão e fiquei vagando horas até encontrar vossa bela casa. Apesar do muro alto, pude vislumbrar parte do gramado pelo portão, que se abriu em determinada hora. Seus cães rosnaram para mim. Vi que o segurança me olhou desconfiado, mas só um pouco, pois não tenho nada na minha figura que possa realmente assustar alguém. Permaneci nas imediações até que um carro saiu e vi dentro dele uma pessoa de cabelos brancos. Seria mesmo Vossa Senhoria? Seria de fato? Não sei por que razão fiz isto, mas o fato de saber que Vossa Senhoria existe concretamente me fez ter essa vontade de vê-lo, e espero que não me julgue mal, o que, aliás, pouco importa, pois este memorando não vai chegar mesmo às vossas mãos, e se me viu de relance, não devo nem ter chamado vossa atenção, mal sabia Vossa Senhoria que eu estava lá só para lhe ver e que sei quem Vossa Senhoria é, conheço sua antiga amante e conheço seu filho ilegítimo. E agora vou parar. Até algum outro dia!

MEMORANDO RETROSPECTIVO

Caro Senhor,

Há algum tempo já não escrevia um memorando e se hoje escrevo novamente é porque preciso explicar para mim mesmo algumas coisas, coisas que só consigo entender mais ou menos quando falo com Vossa Senhoria desta maneira narrativa, colocando vírgulas e pontos no meu raciocínio. Fiquei com raiva de Vossa Senhoria, pensando na forma como o Bigode e dona Janice foram abandonados. Por quê? Mas não consigo atacá-lo, não consigo brechas. Vossa Senhoria é como um círculo sem rachaduras. Se a própria mulher abandonada o considera um bom homem, quem sou eu para achar o contrário? Encontrei lá no Sebo Luís um outro livro, desta vez sobre Vossa Senhoria, um volume pequeno e biográfico escrito por um ex-aluno seu que também foi seu secretário durante muito tempo. Comprei na hora e li rapidamente, num fim de semana, praticamente o engoli, achando que ali ia encontrar munição. Mas qual. O livro é inteiramente de elogios, feito por alguém que lhe admirou muito, e até nisso Vossa Senhoria foi perfeito: não escreveu sua autobiografia, como tantos ilustres fazem. E acabei de bater com a velha citação que escrevi numa cartolina e pendurei na parede do escritório. Aquela que diz: *"O mais notório sepulcro de um poder é a cátedra de onde é feito seu próprio panegírico"*. Acho que percebi de relance o significado dessas palavras. E Vossa Senhoria está acima dessas coisas. No livrinho está toda a sua carreira: o árduo início, as dificuldades, as lutas. E suas obras. Por onde atacá-lo? Como atacar quem foi *preso por lutar pelo que acreditava?* (Palavras tiradas do livro.) Vossa Senhoria esteve até no cárcere, com outros estudantes, *pelos ideais democráticos* naquela época getulista, enquanto eu nadava com outros meninos nos rios barrentos da minha cidade. Uma pessoa que vai para a cadeia por convicção se torna inatacável. E depois, mais para a frente, na época dos militares, ajudou muita gente perseguida, já com sua reputação consolidada, *não por concordar com as pessoas, mas por acreditar no Direito*, como deixou bastante claro o seu biógrafo. Como afrontar alguém assim? Está tudo lá no livro: obras assistenciais, doações, uma vida farta, generosa, prosperidade, reconhecimento. Nunca foi metido nessas corrupções.

Teve filhos que hoje são pessoas consideradas em suas atividades e que lhe deram netos. Tudo sempre floresceu ao seu redor! E engraçado: antes, quando eu apenas imaginava Vossa Senhoria, todas as vossas excelências só me causavam mais e mais admiração, e agora, quando sei que Vossa Senhoria existe e onde mora, toda essa perfeição me causa sufocamento. E então eu pergunto: e Ebenezer? Por que ele não pode fazer parte da sua existência? Porque iria, talvez, romper a perfeita harmonia da sua vida em família? Não teve coragem de contar para os seus, com medo das possíveis reações? Preferiu manter sigilo? Teve medo de confessar uma fraqueza? Teve vergonha da simplicidade de dona Janice? Teve receio de romper o contorno perfeito daquele círculo mencionado acima? Pois aí sua vida deixaria de ser esse círculo feito com compasso, viraria um desenho à mão livre, que é como a maioria de nós vai desenhando sua vida, sem o auxílio da borracha que Vossa Senhoria parece ter usado à vontade, se é que me faço entender. E até nisso os ventos favoráveis sopraram sobre vossa pessoa, porque dona Janice é uma pessoa humilde e de bons sentimentos e tem umas bruacas por aí que podem atormentar de fato a vida de um pulador de cercas. Tenho um colega que por um fim de semana com uma criatura dessas viu arruinada sua vida e perdeu a família. Dona Janice apenas chora. Mas, retomando, e seu filho? Que, além de alguns traços, puxou uma inteligência superior e que conseguiu o feito de construir um pequeno império imaginário bem debaixo do seu nariz, aqui, onde Vossa Senhoria reinou por muito tempo. Grande é a tentação de dar um veredicto a um juiz, mas não quero colocar sobre os ombros essa atribuição, mesmo sabendo que ela nunca sairá deste memorando inútil. Prefiro contar uma coisa a respeito do Bigode, que sumiu no mundo e nunca mais deu notícias. É o seguinte: meu filho Valdir, que se tornou muito amigo do Ebenezer e sente sua ausência, ficou interessado em ver vosso retrato estampado na coleção que eu adquiri. E na hora em que viu a fotografia, disse: "Então é ele!". "Ele quem?", eu quis, naturalmente, saber. Valdir me contou que, quando ia visitar o apartamento do Bigode, via sempre no monitor dele o vosso rosto utilizado como proteção de tela, só que com um pequeno detalhe: estava inscrito num alvo. Creio que nada mais é necessário que se diga, a não ser que, por um desses acasos da vida, fui eu quem passou na frente desse alvo na hora do tiro, se é que me faço entender. Até.

MEMORANDO DE REENCONTRO

Caro Senhor,

Estou escrevendo agora para tentar entender as coisas. Desde que a identidade de Vossa Senhoria me foi revelada por dona Janice, alguma coisa passou a me incomodar mais e mais. Olho para o escritório e vejo aquela nossa bagunça de todos os dias, aquela paisagem sem nexo onde nada parece ter mais relação com nada, e aí dou uma risada como se tivesse me vingando de alguém ou de algo, aquele riso cínico que aprendi a dar na ponte da Casa Verde, em meio à fúria dos elementos. Só que depois vem um sentimento que não é de fruição, mas um aperto e uma aridez, como se fosse meio-dia, sem poentes, nem nascentes — sem gradações. Foi aí que me aconteceu uma coisa muito interessante, veja só, Vossa Senhoria, como é tudo nesta vida: eu estava indo almoçar quando encontro... quem? Meu velho amigo Giba, que não via faz muito tempo, tempo mesmo, coisa de quinze anos ou mais. E o Giba foi muito amigo meu, amigo chegado, acho que o melhor amigo da época da infância e também da juventude. A gente nadava no rio, não só nós, mas todo o bandinho que andava junto. Lembro-me até de uma árvore que ficava na curva do rio e que tinha um galho alongado, tombado sobre as águas e que era um trampolim de primeira. Crescemos juntos naquele tipo de infância de antigamente, de garoto do interior. Estudamos juntos o tempo todo, até brigamos por causa de namorada, ficando muito tempo sem um olhar para o outro, até que a tal nos trocou por um terceiro, acho que o Biaggio. Aí a gente se encontrou um dia e desatamos a rir daquela bobagem toda. E depois ele fez o Curso Clássico e eu fui para o Contábil, mas a gente andava sempre junto. Tinha até um ritual que a gente fazia vez ou outra que era uma saída para pescar que durava o fim de semana inteiro. Ia ele, eu, mais uns dois ou três e até um professor de latim, velhão mas muito animado. Daí, durante as noites a gente armava acampamento, acendia fogueira e ficava conversando bobagem, bebendo, olhando estrela. O Giba gostava de declamar poesia, Castro Alves, Gonçalves Dias, Fagundes Varela, José de Alencar, gente desse naipe, e declamava muito bem o danado. Também levava jeito na escrita e a gente achava que ele ia ser escritor, que naquela época era coisa assim como ator de novela hoje, era uma sensação para uma cidade pequena ter um escritor que fazia sucesso na capital, mas acabou que não deu muito certo, a coisa não engrenou. Ele teve muitas dificuldades, acabou casando, aquelas coisas. Ainda vi muito ele por aqui até um certo tempo. Ele viu meu filho pequeno, eu, os dois dele, mas então, sem que a gente se desse conta, paramos de nos ver, cada um se enfiou num bairro, eu na Casa Verde, ele em Santo Amaro (agora eu sei), e sumimos da vida um do outro, que é coisa até normal de acontecer nesta cidade. Aí, quando estou indo para o Juarez, topo com o Giba e nos damos um grande abraço cheio daquela camaradagem de antes e achei que tinha sido a maior coincidência da paróquia, mas depois fiquei sabendo que não, que tinha sido coisa da Ninha, que descobriu o telefone dele e pediu para ele vir me ver porque ela estava preocupada, disse que eu estava mudado, estranho e aquela coisa toda. Então sentamos numa mesa de fundo e ele foi logo perguntando na bucha, que é bem o jeito dele, e eu falei, meio rindo, tirando sarro, mas também um pouquinho sério: "*Pois é... agora eu sou um cínico, sabia?*". E ele riu e aí voltamos a falar da vida e ele mostrou a foto da filha caçula, a terceira (e última!, gritou), e eu soube que ele ainda estava na editora em que trabalhara sempre, vendendo enciclopédias, levando a vida para a frente. E bateu no meu ombro bem forte, uma batida assim de passar energia, de camarada para camarada. E falou para eu deixar de bobagem, que a Ninha já tinha falado essa coisa que eu disse de ter virado cínico. E disse que isso era a maior besteira e eu naturalmente quis saber por quê. O Giba então falou meio irônico que achava engraçado alguém falar como cínico e passar a agir como cínico, rindo com um sorriso meio lateral e debochado como eu andava rindo, porque se eu tivesse virado cínico mesmo, no fundo do coração, a primeira coisa que eu ia fazer era esconder o meu cinismo, pois isso é ato reflexo de todo cínico, ou seja, não confessar nem a si mesmo o seu cinismo, sendo mais fácil encontrar um cínico batendo no peito e falando no bem comum do que dando risadinhas cínicas pelas ruas. E eu corei e fiquei meio vexado, como se tivesse dado atestado de bobeira, como aquele ingênuo que, querendo passar por malandro, fica mais ingênuo ainda. E aí a gente morreu de rir da história. Ficamos ainda conversando um par de horas. Lembramos da rapaziada toda: o Furlan, o Rezende, o Bernardino, o Toninho, toda a turma antiga e bateu saudades daquele tempo inicial, quando tudo estava começando. Até que deu a hora do Giba ter que ir e a gente prometeu voltar a se encontrar, visitar o outro, e tal e coisa. Ainda virei e perguntei se ele era feliz e nem sei por que perguntei isso, que francamente é o tipo da coisa idiota de se perguntar para alguém, logo para ele que tinha mostrado fotografia de filha com todo o orgulho. Antes de sair ele veio com aquelas tiradas antigas e, num gesto de declamador, citou o velho Machado, de quem ele gostava tanto: "*Alguma cousa escapa ao naufrágio das ilusões".* E se foi, apressado, pela calçada. Acho que a Ninha deu uma dentro, porque foi bom rever o Giba. E o mais engraçado, Vossa Senhoria, é que fiquei pensando nisso a tarde toda e caminhei pelo centro velho e vi aquela gente toda andando, todos apressados, como se costuma andar nesta nossa cidade, e enxerguei todo mundo como eu estava vendo o Giba: todos levando a vida para a frente. Então eu pensei bem e vi que era bobagem ficar sentado nessa escrivaninha à toa e estou pensando seriamente em dar um fim ao nosso departamento, em acabar com a Serviços Interinos, acusar a sua fundação ilusória, encerrar a obra do seu filho Ebenezer, o Bigode, e terminar de uma vez por todas com esses memorandos inúteis. O que vos parece essa idéia? Conto, como sempre, com vosso silêncio.

MEMORANDO PERPLEXO

Caro Senhor,

Dê uma olhada em como o mundo é. Depois do encontro com meu amigo Giba as coisas se modificaram na minha cabeça e também em relação aos meus sentimentos. Amadureci bem aquela decisão que já havia comunicado a Vossa Senhoria. Nem consegui dormir durante a noite, pois sabia que era uma decisão que iria afetar a vida de muita gente: da dona Janice, que perderia o emprego, do Cícero, que teria que se virar com a banquinha de ervas na praça e viver só dela, do Gringo, com aquela matilha que tem em casa, e do Valdir, se bem que esse é mais um desavergonhado mesmo que com o que já sabe de informática pode se arrumar bem na vida. Mas eu sentia (volto a dizer) que aquela era a decisão certa a ser tomada. Entretanto, meu trabalho foi facilitado de algum modo pelo Formoso, pois quando cheguei ao escritório para fazer a reunião em que iria expor a minha posição, encontrei a porta aberta, o que era estranho. E lá dentro estavam Formoso e o deputado, seu chefe. Este último, extasiado com tudo o que via, esfregava as mãos de contentamento, mas foi ríspido comigo, como se eu fosse o líder de uma gangue de corruptos que lesava os cofres públicos (no que tinha razão). Mas só de olhar para ele já pude sentir o tamanho do demagogo. Percebi, entretanto, que estava em maus lençóis. Os dois saíram, batendo os pés e torcendo o nariz com inflamada pudicícia. E veja Vossa Senhoria como é este mundo, pois as coisas nem sempre são exatamente como parecem, mas é a aparência que sempre dá as cartas, corta o morto e bate direto, se me permite usar um dialeto de baralho. E quem vê as coisas agora vai achar que meu irmão Formoso é um cavalheiro virtuoso e eu sou um corrupto desavergonhado, e existe alguma verdade aí, só que não a verdade inteira. Mas o homem nunca vê essa verdade inteira, o homem (e a mulher) só vê a parte. E se tem uma coisa que entrou na minha cabeça é que não adianta tentar ler todos os livros, nem pensar todos os pensamentos, nem falar todas as línguas, nem resolver todas as palavras cruzadas, a gente só vai saber uma parte das coisas sempre, só uma parte, nunca vai ver o completo, a roda inteira, e isso serve para o réu e para o juiz. Tal pensamento, Vossa Senhoria, me parece um entendimento que estou tendo, assim de chofre, ao pensar no assunto. Quem vai julgar a minha intenção, que era honesta, se tudo está de cabeça para baixo? Quem pode descobrir a verdade aqui dentro do coração, Vossa Senhoria? Como sou crédulo, creio que isso é trabalho de Deus e só, pois do homem a gente tem que torcer que a parte que ele vê nos seja favorável, o que dificilmente vai ocorrer com aqueles dois que saíram daqui ofendidíssimos. De modo que, quando os dois desapareceram numa poeira de escândalos, alertei a todos sobre o que iria acontecer em seguida. Pensei que ia haver uma grande debandada, mas para minha surpresa ninguém arredou pé, e Gringo, tomando a palavra, disse que eles iam ficar junto comigo, houvesse o que houvesse. Jamais esperava por aquilo, pois estava tão acostumado aos olhares tortos que, confesso, me emocionei um pouco, nada demais aí, porque tenho um sangue melodramático. O que senti é que por um momento, breve, eu fui mesmo o Gerente que queria ser. Mas não era hora para desdobramentos afetivos e sim para pés no chão. Sendo assim, reafirmei com entonações categóricas que era a hora de cada um procurar cuidar o melhor possível da sua vida. Coisas desagradáveis viriam em seguida, e não havia necessidade de sacrifícios bobos. A Serviços Interinos estava fechando suas portas.

MEMORANDO FINAL

Caro Senhor,

Só estou escrevendo para fazer hora. Já nem estou mais a fim de escrever esses memorandos, mas sou um homem tinhoso e vou até o fim de tudo. Tenho prazer em pingar o ponto final. Não sei se já disse em algum memorando (foram tantos!) que preciso terminar todo livro que começo (só parei de ler a *História universal do Direito*, que, Vossa Senhoria há de me desculpar, é terrivelmente enfadonho, ainda mais com a vossa mania de não traduzir as citações). De forma que aqui estou, no silêncio desse escritório. (Ao fundo, bem ao fundo, ainda escuto vez ou outra aqueles mugidos perplexos.) Todos já se foram, levando consigo o que trouxeram: Cícero se foi com suas ervas e raízes, com o radinho do Cabeça e com Xô; Valdir herdou o Frank e todos os computadores do Bigode, com os quais, se tiver juízo, pode iniciar alguma coisa proveitosa, e levou também os quadros da mãe que ainda restavam; Gringo carregou seu passaredo; dona Janice, seus cremes hidratantes, esfoliantes, loções tônicas e adstringentes. Já as flores, sua contribuição pessoal para o escritório, uma vez que nos últimos dias ninguém se preocupou em regá-las, estão murchando vagarosamente. Despediu-se de mim com um forte abraço e um olhar significativo. Afinal são fortes, ainda que não necessariamente românticos, os laços que unem uma secretária ao seu gerente. E mesmo com seus altos e baixos, nosso relacionamento profissional foi pautado por mútua simpatia, e se houve choros, houve também risos. Mas neste momento de despedida ela não chorou, ou porque quisesse passar uma última imagem de firmeza ou porque os últimos meses houvessem exaurido de todo a fonte das suas lágrimas. Virou-se ainda uma vez na soleira da porta e acenou como se tivesse consciência de que dificilmente nos veríamos novamente. Depois se foi. Em compensação, Gringo chorou como um bezerro desmamado. Não era uma visão agradável ver aqueles beiços bigodudos soluçando, besuntados de lágrimas e daquela meleca líquida que o nariz expele nessas horas pungentes. Nós só vamos conhecer mesmo com quem a gente vive quando chega a hora da despedida e aí não adianta mais, porque a gente não vai viver mais com aquela gente! Era uma moça o espanhol (não no sentido pejorativo, Vossa Senhoria me entende). O Cícero se foi para o Jardim Joara daquele jeito discreto dele, de alguém que aprecia ficar no segundo plano. De Ebenezer, o Bigode, demiurgo deste mundo que agora se desfaz, nem um sinal, a não ser pelo horrível pôster que continua pregado na parede, com aquelas caveiras guitarristas. Parece mesmo que ele se transformou em algum ente virtual e fixou residência no ciberespaço. Tudo agora está silencioso e eu estou aqui redigindo este memorando final para Vossa Senhoria, para me despedir, para tirá-lo de vez da cabeça, enquanto aguardo a chegada da sanha jornalística que começou nos últimos dias e hoje vai atingir o seu auge. Todos querem me fotografar, todos querem me ver, dizem até que gente de outros países. Já estiveram aqui fotografando o urubu, antes de o Cícero levá-lo, todos espantados com o nosso departamento. O novo governo está extraindo o máximo (sem trocadilho) dessa descoberta, capitalizando para a moralização essa denúncia dos horrores da gestão anterior. Vão me crucificar como um monstro. Vou aparecer nos jornais mais do que Vossa Senhoria apareceu em toda a sua frutífera e honesta vida profissional. Eles não fazem idéia do que de fato ocorreu, tampouco eu estou com paciência de contar uma história tão implausível. Na verdade, quero mais que venham, quero que venham todos, todos os políticos oportunistas, todos os repórteres, todos, tudo! Enquanto os aguardo, sentado nesta minha escrivaninha e redigindo este memorando (na mesma escrivaninha onde lhe redigi aquele primeiro, que me parece agora tão distante), tenho ao meu lado a caixa com os disquetes que seu filho rejeitado, o Ebenezer, vulgo Bigode, deixou aos meus cuidados, onde estão relacionados todos os nomes, toda a trama de corrupção que, como ele mesmo escreveu na carta que deixou, *forma uma teia sobre a administração da cidade e vai até o coração do país*. Tenho tudo aqui comigo, não apenas "café pequeno", mas nomes grandes, gente de poder, gente distinta, gente que nem faz idéia do que está para acontecer. Todas as coisas e fatos relacionados entre si! Sei que a partir de agora corro até risco de vida e por isso mesmo quero toda a exposição possível. Nem sei por que estou fazendo isso. Sinto apenas que devo fazer. Por mim. Pelo Giba. Pela Ninha. Pelo Cabeça. Pela rapaziada. Estou com medo. Mas que venham. Que venham, então. Estou aguardando. Mal sabem o que estão detonando. Para encerrar, cito uma vez mais o Poeta, para quem "O *fim coroa a obra*", e este é, Vossa Senhoria, o fim dos memorandos, nada mais restando fazer do que desejar que os anos ainda vos reservem glórias e, de Deus, tenhamos todos a misericórdia. Adeus.

ESTA OBRA FOI COMPOSTA PELA SPRESS EM ELECTRA
E IMPRESSA PELA GEOGRÁFICA EM OFF-SET SOBRE PAPEL PÓLEN SOFT
DA COMPANHIA SUZANO PARA A EDITORA SCHWARCZ EM AGOSTO DE 2001